续

晚晴集

之承 著

黄河出版传媒集团

宁夏人民出版社

图书在版编目（CIP）数据

续晚晴集/之承著. —— 银川：宁夏人民出版社，
2024.11．—— ISBN 978-7-227-08067-1

Ⅰ．Ⅰ227

中国国家版本馆CIP数据核字第2024EJ8639号

续晚晴集   之承 著

责任编辑　陈　浪
责任校对　白　雪
封面设计　王敬忠
责任印制　侯　俊

 黄河出版传媒集团　宁夏人民出版社　出版发行

出 版 人　薛文斌
地　　址　宁夏银川市北京东路 139 号出版大厦（750001）
网　　址　http://www.yrpubm.com
网上书店　http://www.hh-book.com
电子信箱　nxrmcbs@126.com
邮购电话　0951-5052104　5052106
经　　销　全国新华书店
印刷装订　宁夏银报智能印刷科技有限公司
印刷委托书号　（宁）0031135

开本　720 mm×980 mm　1/16
印张　26
字数　210 千字
版次　2024 年 11 月第 1 版
印次　2024 年 11 月第 1 次印刷
书号　ISBN 978-7-227-08067-1
定价　58.00 元

闲云归远岫，雅兴动吟讴

——《续晚晴集》序

王武军

　　《续晚晴集》是年已八十多岁的王全甲老先生创作的第二本旧体诗集。全书分为故园情愫、塞上景明、大地吟草、感事抒怀、击壤心歌五个部分，选取了诗人从2015年到2024年创作的七百余首诗歌作品，绝大部分是律诗和绝句，依中华新韵，用词或古奥或通俗，读来朗朗上口，意境丰沛而让人回味无穷。

　　诗人既是一个文物工作者，又是一个书画收藏爱好者，几十年来，从文物和古书画中汲取了深厚的文化艺术素养。退休后，钟情于旧体诗歌，用他自己的话说，就是学习练写旧体诗，既可增强记忆，也可以日记的形式撷取生活中的点滴，排遣心头的寂寞，也算是一种自娱。作为八十多岁的老人，闲暇之余能够写出这么多的格律诗，除

王武军　60后，宁夏泾源人。中国作家协会会员，宁夏诗词学会秘书长。有作品在《诗刊》《朔方》《绿风》《扬子江诗刊》《诗歌月刊》等刊发表。著有诗集《经年的时光》《某些时刻》，评论集《疼痛与唤醒》，参编《宁夏诗歌史》《宁夏文学史》。

了钻研学习格律诗词知识，掌握格律诗词创作方法外，还与他丰富的工作阅历、勤奋的创作态度、执着的热爱生活、热爱诗歌的人生情怀密不可分。诗人从家乡隆德到塞上银川，从塞上银川到祖国各地，一路行吟，感事抒怀，击壤而歌，呈现出"闲云归远岫，雅兴动吟讴"的诗者情怀。

诗人用诗词关注社会发展。作为一个耄耋老人，虽然年事已高，但诗人的视野始终关注着现实社会。自古至今，凡是优秀的诗人，都具有深厚的家国情怀，这不仅是诗词的特质属性，也由诗人的修养所决定。在王老先生的诗中，无论是写《江汉高速行》，还是写《赞神舟探月》，抑或是写《农村新貌》，诗人始终关注着祖国日新月异的发展和变化，为新时代社会主义建设取得的成就放声高歌。

诗人用诗词记录日常生活。《续晚晴集》虽然跨度只有十年时间，但内容却很广泛，日常生活中的万事万物俯拾皆是诗，这与诗人热爱生活、善于观察、勤于思考不无关系。在他的诗中，既有《采枸杞》《赶集》《村居》《早市》等日常生活，又有《写在母亲节》《暮年吟》《悼三弟》《赠书堂老友》等亲情友情，用格律诗把日常生活呈现在读者面前，看似平淡，实则情深意长，体现了诗源于生活又高于生活的真性情。

诗人用诗词表达心路历程。常言道，读万卷书，行万里路。在诗人的格律诗中，有大量的游览行走之诗。诗人从宁夏到全国各地，通过《隆德新貌》《六盘山》《塞上锦绣》《秦岭道中》《西湖揽胜》《咏赛里木湖》《登岳阳楼》等诗，不但记录了自己的心路历程，而且用格律之韵展现出故乡隆德、塞上银川和祖国的壮美河山；在行走之中，诗人写出了对自然景观和人文景观的赞美，表达出诗人对家乡和祖国壮丽山河的热爱之情。

诗人用诗词诠释人生态度。在诗人的诗中，无论是"故园情愫"，还是"塞上景明"，不论是"大地吟草"，还是"感事抒怀"，都表现出他的"击壤心歌"。人生如格律，需要遵循社会和自然的法度。从其创作的众多格律诗中，可以看出诗人为诗、为人的人生境界和精神品格，表现出他"难忘尚存书卷气"（《疏放》）、"修短人生应随缘"（《随缘》）的豁达的人生态度。

综观王老先生的格律诗创作，其诗题材广泛，内容丰富，既有弘扬主旋律的高昂之气，又有颂扬改革开放的时代精神，既有赞美祖国河山的壮美之情，又有抒写亲情友情的真挚之感。其诗以不断成熟的技巧、优美的韵律、凝练的语言、充沛的情感和丰富的想象，集中表现出诗人的精神世界和艺术风貌，具有很强的感染力。

2024年11月11日

目录

故园情愫

塞上景明

大地吟草

感事抒怀

故园情愫

米缸山①

峣峣屏障陇云弥，古隘削峰曜汉齐。

霓染半边红锦晼，水淋多段碧青萋。

峭崖林绕荦②惊陌，断壁藤垂砾滚溪。

幽谷藏春生万景，笑指鹿鸣鹭长啼。

二〇一五年五月二十日

①米缸山：六盘山主峰，位于宁夏隆德县城东南二十里处，海拔两千九百三十米。
②荦：石块突露的样子。宋苏轼《东坡》："莫嫌荦确坡头路，自爱铿然曳
　　杖声。"

果　园

花树侵窗彩蝶姝，生津红杏味香浮。

疾风飞雨飒然过，累累枝头挂丽珠。

二〇一五年七月三日

小　院

村边农院远尘嚣，背嶂临川倚势高。

风舞青枝花影瘦，月溶绿萼卉魂娆。

菜秧引水浮珠露，山雀泥人闹树梢。

每送津梁千里客，网波追魄信迢遥。

二〇一五年八月五日

六盘道中

乱石穿径树迷蒙，车入悬崖路绕峰。

气滞陇巅流瀑响，雪晴丝路啭莺声。

崆峒传呗三更晓，梅鹿和弦①九夏逢②。

欲上危岑舒远目，朝暾适雾彩云蒸。

二〇一五年九月八日

①和弦：指三个或三个以上的音按一定的音程关系同时响出。此指群鹿共鸣。

②九夏逢：夏天共九十天，故称九夏。言六盘道高处，山峻风急，虽是夏天，
宛如秋天一样的凉爽。

桃花山一瞥

桃花飞瓣遍山春，染醉行人满脸红。

阵阵东风吹又过，繁英飒飒遍衢中。

二〇一六年五月二日

空壳村

几次回乡访旧村，沿坡畴亩已蒿蓁。

院依山畔无人住，路掩草花少客臻。

门舍寂寥巢雏燕，土场泛渣聚长蚊。

梓民数代农桑地，荒漠沉寥落照昏。

二〇一六年五月五日

县城一夜

霜风霾雾浸山冈，冷雨敲窗金露凉。

闾巷通宵明夜火，轰鸣直至更将央。

二〇一六年十月二十八日

老 宅

常念家乡旧宅园，塌洼作嶂委渠川。

百株果树秋花满，两姓农庄土陌环。

招日碾磨鸡打盹，引流菜地水出泉。

往来互助乡邻旧，农事忙结夜已阑。

二〇一六年十一月七日

田 家

农家起早灶烟稀，雾霭穿林晓碧萋。

丁壮下田天色暗，媪翁健体日出迟。

草稠垄埂洼田蔽，风冷秋禾淫雨弥。

四季无须想好景，只求户口年夜齐^①。

二〇一六年十一月七日

①农家讲求三十晚上算一账，人在本钱在。

城西唐状元坟

城外原存唐九原，无碑寝殿眠魁元。

截流筑坝冢墙毁，蓄水堙穴墓室残。

几访乡民得三彩，终归巫汉掷一湍。

状元西去鹤踪灭，古邑唐墦至此殚。

二〇一七年三月二十一日

搬　迁

拔户离乡远，去家客不安。

荒庭常寂寞，冷灶已无烟。

田亩多蒿草，陌阡尽蔓芋。

九原先祖地，千里寄冥钱。

二〇一七年五月四日

好水川怀古

怅思恶战起狼烟，宋夏操戈庆历间。

元昊侵边谋霸业，骁将喋血好水川。

封泥布瓮诱边警，设垒藏峰聚隘歼。

事过千年时有忆，漫翻方志猝心寒。

二〇一七年五月十二日

乡 梦

风清露冷晓晴天，百鸟争枝正斗欢。

我且仍如常日卧，惊回乡梦梦难忺。

二〇一七年五月二十四日

归 程

不堪燀暑逼孱身，欲随凉飔返旧屯。

飘雾流霞初雨歇，浮天密翠宿云臻。

乡村林静闻莺语，垄亩风和品丽参①。

归里伺畴缘稼瘾，风光茌苒履辙轻。

二〇一七年六月七日

---

①丽参：高丽参，一种珍贵的中药材。作者故乡沙塘川土地流转后，当地白姓
大面积种植中药材，其中就有高丽参。

进　村

庙山常被雾岚封，曲径几折村影横。

农宅新村规划过，瓦房旧院整修成。

纳凉乡党赞豁免，逃热喇叭播要闻。

坡地退耕植蓿草，歌飘岫霭秀柯蒙。

二〇一七年六月七日

老　院

空空农院草侵荒，门户寥寥木絮扬。

便道多条混凝砌，通衢几段绿杨妆。

蜘蛛扯线织密网，蜂蝶护花过矮墙。

年暮时时恋老屋，轻辞闹市啜醪觞。

二〇一七年六月七日

南屏山

嵶巇复斗气东升^①，碧水涓涓隐谷阡。

乔木一塄风吐翠，灌丛满壑树迷莺。

花开多在霾中雾，春盛原无风底晴。

闷雷输凉山似洗，客临更惜雨中情。

二〇一七年六月八日

①气东升：东气来。据《列仙传》记载，老子西游函谷关，有紫气浮现。

入夏返里

炎入沙洲避暑行，寻幽妪叟客闲身。

瓜田万顷蒙青野，高速一条入翠岑。

烟复畴田渠水吼，树摇雏舌鸶莺闻。

长桥巨隧溶风影，巧摄佳图怡旅魂。

二〇一七年六月八日

咏六盘山古道

盘盘古道少林鸦，合岭围峰绕碧霞。

二水流长傍丝路，一衢通远绕天涯。

谭公风雨集宏句[①]，范使息边[②]品暮笳。

更喜红军飞崿过，红旗遍染陇东霞。

① "谭公"句：谭嗣同过六盘山曾有诗作。
② 范使息边：范使，范仲淹，曾任陕西经略安抚副使，设互市缓解宋夏边衅。

村　聚

村栖光景半生缘，土舍篱笆曾旧谙。

曲径多家童嬉戏，村庄几处绕农烟。

药花摇曳香漫漫，弱柳扶疏舞翩翩。

聚处乡邻茗当酒，兴来狂逗乐陶然。

二〇一七年六月十二日

村　俗

闲时常荡绿杨林，客里光阴日日新。

入味芋头同麦饭，沁脾茶水约邻宾。

月溶宿幌窥星汉，笠配凉衫裹袖霖。

绕舍电波连万姓，亲朋道别互嘱殷。

二〇一七年六月十三日

流　莺

田野青青药蕊香，农妇耨草伴骄阳。

山莺扑转掠头过，叶影卷舒啄蛰蝥。

二〇一七年六月十三日

闲　适

青瓦砖房两间，竹篱菜圃几片。

粗茶自操淡饭，觉醒情疏坦然。

二〇一七年六月十三日

乡　韵

骄阳喷焰夏初长，避暑故园始觉凉。

新舍浮岚招远目，雏莺啼树舞羽裳。

风来旷宇云暗暗，雨洗长山水汤汤①。

静室延朋多劝驻，吾乡仍信胜他乡。

二〇一七年六月十四日

①汤汤（shāng shāng）：水势浩大的样子。《诗经·卫风·氓》："淇水汤
汤，渐车帷裳。"

渝河大桥

细雨斜阳涤陌埃，雾封津渡半云开。

常愁上市无桥过，盛褒飞虹驾日来。

二〇一七年六月十四日

生　涯

乡村光景意中甜，矮舍凉床亦自恢。

小犬作邻禽为侣，草花怡兴树笼阡。

闷来茗酒消长昼，醉醒棋牌度余年。

忙罢也曾看造化，村民生计已翻番。

二〇一七年六月十五日

晨 郊

漫步乘凉荡陌飔，退耕坡地草密滋。

药香漾野和风散，禾稼芪畴待储司。

雨洗长天山显瘦，风梳郭柳日出迟。

远循僻壤谁同我，垦亩掇英不自持。

二〇一七年六月十六日

赶 集

三六九日正逢场，镇上集开买卖昌。

曾赖行商朝市盛，旧依生计运输忙。

乡村贩枭多农户，街市购销聚客商。

分季果蔬农产济，杂陈百耍市容臧。

二〇一七年六月十七日

修建祖茔围栏记

祖茔建在堡沟西，时有山洪水漫漪。

游子常悲心底泪，嗣孙几叹梦嘘唏。

整修陵圹三径槛，浇固混凝九原圻。

设奠烟开炎日永，琅函①启动诵虔祈。

二○一七年六月十八日

①琅函：指道书。

记六月二十日晚暴雨

夜半雷鸣河汉开，如泼急雨漫天来。

电光闪断冥旋转，风势推来水倒排。

发聩吼声丘壑改，脱堤洪浪堰衢回。

农家宅院砖混固，告诫雨婆别兴灾。

二○一七年六月二十日

榆林寺

朝陟崇岗雾气凉，一山碧绿泻晴光。

徐风吹木摇青扇，浓露滚珠缀素裳。

彩绘频瞻金像貌，金泥再拜紫服妆。

执经问道渊源溯，清季迁祠落邑乡。

二〇一七年六月二十二日

康庄乐（二首）

其一

郁郁青杨壮邑乡，淙淙碧水绕坡长。

整村推进修新舍，欢娱农家乐小康。

其二

日光微熹晓风柔，雾幔初收宿霭稠。

农户才开红扉扇，早到布谷立阶讴。

二〇一七年六月三十日

隆平道中

同村友李海龙去平凉办事未果，返回正逢雷雨。记云。

东去平凉路绕峰，六盘轻霭伴崖风。

坦途不减花前约，蒿陌剧增绿柳盟。

返道天门①逢雨猛，始出隧洞见霾蒙。

城川雨罢晴岚秀，馥郁药香满袖盈。

二〇一七年七月一日

①天门：即平凉市西一天门。

夏日乡村

密翠浮天夏景深，川原敷绿树萦藤。

田塍阵雀归林槭，草陌丛花招蝶蜂。

乡老借荫赞豁免，梓民乐道褒需增。

家乡好事常接踵，咸赖脱贫有惠风。

二〇一七年七月三日

追 梦

雾锁前川晓霭寒，夏虫欲动雀鸣芊。

风吹红药舒云目，雨洗青杨弇岫山。

树底追凉常对弈，田边歇晌几衔烟。

晚晴尚可多留驻，吾应勤伺垄亩间。

二〇一七年七月九日

乐 居

平畴侵野走复长，蔽日浓荫药蕊扬。

微熹朝霞多带绿，初晴猛雨几输凉。

河阳潘岳植花县，辋里①摩诘辟隐庄。

睡起雄鸡欢午宴，芋头麦饭味醇香。

二〇一七年七月十二日

①辋里：辋川。位于陕西蓝田。唐代诗人王维曾置别业于此。

夏　夜

晴空如洗月初悬，庭树摇光银叶翻。

骤觉轻风吹露至，戏虫游蛙正合弦。

二〇一七年七月十二日

村居乐

客塞离家三十载，为寻幽梦又回乡。

村边惯睹风枝柳，入户常闻院卉香。

露透鹂歌溪水浅，霜阴薄稼露珠凉。

村栖但觉丰年好，想见丰年自觉忙。

二〇一七年七月十六日

县城即景

三山衔日暮云平，二水交融玉坝泠。

丽苑光接蟾殿月，危楼色缀汉河星。

闾街商肆游人济，酒馆食斋贾客盈。

游子心旌系丝路，山花绕邑柳迷莺。

二〇一七年七月十六日

郊游偶得

塑账密排流转田，疾车笛吼过青原。

飞来鸟雀忙环顾，无处筑巢空自恹。

二〇一七年七月十七日

咏象山寺院

孤城北望象山春，木末①晴巅紫气蒸。

款款金身篆纸火，频频香客卜平生。

道心清静无奢念，善处②尘寰待好风。

底事情缘清净觅，天休神贶呗声声。

二〇一七年七月十八日

①木末：高处的亭子还显露在树木的顶端之上。
②善处：《增一阿含经》二十六《等见品》中佛说："人间于天则是善处……
　　诸佛世尊，皆出人间，非由天而得也。"

消夏（二首）

其一

苔径平房聊寄迹，箪瓢陋巷①旧邻知。

宾朋聚会情犹健，琐事辞身寿可支。

肯向乡民勤互助，更无邻里兴奢思。

舒心天地乐清赏，有梦怡情仍觉痴。

其二

晓雾轻寒冷逼飔，披衣掩户练肢迟。

远峰入目邀晨曲，近岫接冥浥雨丝。

荏苒浮生无盛事，萧条驹隙有清卮。

月来日暮人初散，倚卧轩窗伴梦驰。

二〇一七年七月十七日、二十日

①箪瓢陋巷：《论语·雍也》："一箪食，一瓢饮，在陋巷。人不堪其忧，回也不改其乐。"这是孔子弟子颜回安于贫贱的故事。此处喻村居生活的简朴状况。

夏日沙塘川即景（二首）

其一

两山青绿映云霞，一水长铺洗浅沙。

草茂鹰飞山雉戏，碧原百鸟早巢家。

其二

云蒸霞蔚药花香，布谷声急薅草忙。

碧野摇风青绿兴，欢歌遍地漾晴光。

二〇一七年七月十八日

夏　熟

结阵游蜂风影戏，丰畴侵陌药花迟。

山桃黄熟沿坡落，宿麦味醇待刈司。

住户休闲秦调吼，行商吆喝喇叭嘶。

前途只恐风霜早，常累农家苦更时。

二〇一七年七月二十三日

生　计

熟麦待镰茂草滋，疏林丰稼雨扬丝。

林昏山雀争霜树，月润阡田濯露飔。

院角蛛丝惊日短，厨房锅灶焯炊时。

农家自诩生涯重，歇晚筹谋隔宿司。

二〇一七年七月二十五日

庭　趣

闲置深庭蔓草荒，数株绿树荡围墙。

门前巷道犹通达，邻户榆钱落脚旁。

二〇一七年七月二十五日

乡村即事（二首）

其一

炎日赤云罩野畴，家居丝路镇南陬。

青山隐岫松岚翠，熟地通衢塑帐缪。

过雨禾田金灿灿，迎风熟果落掊掊。

行商吆喝充深巷，新月挂枝露色柔。

其二

赤云布野露光泠，月映田棚叶色明。

过雨青禾拂陌道，梳风碧树遮凉亭。

谁家峻馆衢边矗，何处新屋日影萦。

拉呱乡民多热议，恩波浮泽葆丰盈。

二〇一七年七月二十六日

北联池惠泽大王庙

朝暾斜映暖岚开，祠殿红云绕庙台。

释道同源香火济，塑雕共案彩俑排。

凌波入定侵天籁，羽化登仙游魄差。

每况金身瞻拜谒，遥疑惠泽降霖来。

二〇一七年七月二十六日

今又暴雨

狂飙愁绪翻云黑，郁郁情结睹早闻。

遥念南方连日雨，怕传洪汛又心焚。

二〇一七年七月二十七日

夜

多数村民入市居，寂寥几户仍依墟。

夜深木响风声起，家犬惊宵吠巷衢。

二〇一七年七月二十九日

新凉（二首）

其一

绿杨垂影陌桥旁，未减骄阳正炽昌。

起兴棋迷连敲子，屋檐雀燕绕惊梁。

其二

当户青山置景长，门通药陌蕊花香。

轻风夜半拂墙过，候鸟啼来几缕霜。

二〇一七年七月二十九日

晚　宴

下地归来未换妆，晚炊主妇下厨房。

当家跑脚谋蝇利，陈酿犒劳饮几觞。

二〇一七年七月三十日

待"隆德八景"复出

宿雨初晴雄隘现，千年遗韵雨潸潸。

有流龙王①脉贫血，失目观泉②碱泛潭。

映月荷塘③何处觅，黄公冢牲④已消然。

勠力勘建昔时景，宏敷人文更适观。

二〇一七年八月三日

①②③④有流龙王等：皆是昔日隆德县境景观。

村　居

农村日月半年期，皓首衰颜伴凉飔。

不让药丸常健魄，自将屡步解闷思。

花团锦簇潇潇雨，车水马龙夜夜机。

块垒^①无存胸次大，心恋故土欲成痴。

二〇一七年八月九日

①块垒：比喻心中郁结不平。《儋阳东坡遗泽颂》中滕元鼎诗："和平笑听村
　婆话，块垒何须曲蘖浇。"

十七日将别

夏日乡村山水清，土房小院草花明。

几个乡老嗑闲乐，半晌花牌争输赢。

避日墙边棋艺赛，得荫树下酒局兴。

山风松韵常怀旧，报旅莺催客路惊。

二〇一七年八月十七日

古柳公园秋韵

城角公园绿景明，秦音招客聚凉亭。

老株几树号公柳，嫩木多片啭丽莺。

菊艳正须秋气绽，花香未必青阳兴。

毵毵①丛草翻溪水，雾染龙池雨透晴。

二〇一七年八月十七日

①毵毵（sān sān）：枝条细长的样子。唐孟浩然《高阳池》："绿岸毵毵杨
柳垂。"

古柳公园即景

毵毵古柳隐青冥，飒飒秋风惊雁鸣。

泛绿熏红池涧水，卧莲谁布露珠凝。

二〇一七年八月二十日

咏隆德水上公园

唇楼回槛水声声，阔坝长堤傍古城。

一谷市声夕照晚，半湖山月暮岚升。

华灯立染银湖柱，晨雾时蒙绿岫峰。

浩水漪纹人沓至，映得倩影画轴封。

二○一七年九月二十日

秋雨隆德

淅淅淫雨驻德顺，古柳毵毵雾气蒙。

老木风吹虬襚吼，青苔水洗素霾封。

月溶荷影塘池浅，露滚蚤声漪浪升。

熟果催霜枝叶晃，横空雁阵正秋风。

二○一七年九月二十日

喜看山区村民接引自来水

蠢蠢青峰绕碧霞，鞭龙[①]越岭过云崖。

想来满是天河泻，还悟半空玉髓滑。

缀绿鸭头[②]疏凤尾，蒙青沟界掩潾花。

惠民霖泽绵桑梓，功利荫民万姓家。

二〇一七年九月三十日

①鞭龙：指引接的自来水。

②鸭头：鸭头绿色，形容水色。宋苏轼《清远舟中寄耘老》："觉来满眼是湖山，鸭绿波摇凤凰影。"

陇干[①]怀古

一堵危墙偎翠峦，米缸[②]势与比高寒。

想来强弩穿城堭，看似敌楼起狼烟。

宋夏崇垓冰霰重，丝绸古道雷车[③]添。

曾经险隘寻逸景，接目凭临兴盎然。

二〇一七年十月三十日

①陇干：今隆德县城。宋金时期为辖六县的大州，名德顺州。

②米缸：指米缸山。六盘山最高峰，海拔两千九百三十米，位于隆德县城东南。

③雷车：车多声杂。翻用唐李商隐《无题》诗"车走雷声语未通"意。

六盘山述古

米缸凌绝①势嶙峋，峭壁寒峰刺汉冥。

山涌疏岚霓彩渡，月穿厚霭鸿雁鸣。

烽烟鼓警惊边塞，铁马金戈逐寇旌。

堪忆崇垓争战地，梅开丝路正雪晴。

二〇一七年十一月六日

①凌绝：延伸上山的最高处。凌，升。杜甫《望岳》："会当凌绝顶，一览众
　山小。"

隆德十里店黄公墓供牲石羊记踪（二首）

其一

丝路衢边石俑羊，何年风雨滞沧桑。

看如墓圹祀神品，觉似供桌享殿堂。

牲背磨平锄作砺，面部无值草湮荒。

志书有记留方典，是处黄公马鬣乡。

其二

喟叹石羊客路长，显羊洞①府暂栖藏。

黄公墓地跟班立，暂卧羊川②沐露霜。

矢志奔寻东都地，如愿下榻宿洛阳。

身如星陨无居所，故事留民捧笑肠。

二〇一七年十一月二十一日

①显羊洞：辖地在甘肃省静宁县曹务乡。
②卧羊川：泾源县村名。位于六盘山下向东二十里处。

故居梦

惆怅频开旧槛扉，老屋破败面全非。

草丰废井尘沙满，棘茂平畴野雉飞。

荒院早无飞燕舞，废巢少有雏禽归。

追呼农第少年梦，难再逐兔小犬随。

二〇一七年十一月二十三日

六盘山

嶮巇^①青嶂逼云峰，千寻壁崿^②道千重。

仄峦松古呈苍色，悬瀑流惊映彩虹。

晴雨缀珠妆丽夏，玉龙飞絮敷严冬。

鹿鸣岩畔声呦呦，丝路傍关天外通。

二〇一七年十一月二十五日

①嶮巇：大山小山累连貌。言六盘山既高又险深。晋谢灵运《泰山吟》："岩
　崿即嶮巇，触石辄芊绵。"
②壁崿：山壁险深貌。

春　旱

春寒林壑静，雾冷封涸池。

坝堰风扬土，断流雨脚迟。

二〇一八年二月十日

故乡杂咏

故地衢边草碧茵，晚栽垂柳已成荫。

翻寻旧梦春长好，游睇平川景益新。

塑帐瓜苗舒媚黛，坡峦山卉效怜孯。

囊中巧摄千般景，任展尺幅供拙吟。

二〇一八年四月二十日

野步得句

春风吹雨古墩丘，绿柳毵毵满町头。

游目庙台观寂静，云飘冷雾径溪幽。

二〇一八年四月十五日

药香（二首）

其一

碧染坡洼翠欲流，梳风弱柳绿枝柔。

乡民伺稼薅畦草，摇曳花香扑上头。

其二

砖混新房落坳岗，春宵寄梦昼初长。

如芒药蕊潜风入，香气飘飞小孔窗。

二〇一八年四月二十一、二十五日

喜庆城郊新农宅落成

新舍成型夏未交，瓦橼缘水雨潇潇。

飞檐斗拱美轮奂，脊兽鸥禽讶窈娆。

良夜灯明农第灿，宵阑云托陇腔韶。

煮茗温酒调腥素，乡党交杯邻旧陶。

二〇一八年四月三十日

咏古城隆德

茂林幽草布青峦，旧巇青峰高速环。

出雾川原材药旺，穿云松柏瑞烟悬。

古州①东去秦关峻，花县西来丝路连。

我驭长风驰万想，跻身浩宇乐斯年。

二〇一八年五月二十二日

①古州：指陇干城隆德，为德顺州故址。

再次回乡

阔别家园岁月徂，回乡避暑苦炎途。

满川宿药杂田亩，几树花槐罩老庐。

眷旧问候传暖意，乡邻执手睹生疏。

近来快事宁多觊，瞅遍山乡眼觉殊。

二〇一八年六月三日

水上公园晚步

霓灯植景碧漪涟，山入平湖绿嶂悬。

树峙沙岸溪浪绕，流拥会馆汭湾连。

暮街无客滞商榷，晚步多人练水边。

夏夜风凉无溽气，兜得松月伴兴还。

二〇一八年六月十三日

沙塘镇艺术节杂陈（五首）

其一

鱼龙杂戏①树新标，场地时常被雨浇。

涌动人群街巷满，多为泥水浸湿腰。

其二

人意天心宜约同，正时开演雨初晴。

乡民不打遮阳伞，踮足接肩睹少星。

其三

街面地摊走复长，店家林立应承忙。

食棚吴娘②炖清鱼，酒溢当垆③肴馔香。

其四

剧歇人散日轮昏，趁夜戏迷布阵勤。

坐地楸枰④消余昼，笑押胜码自藏心。

其五

晴雨初停步晚归，忽闻秦韵绕林圩。

乡民眝目冥中望，疑是角儿甩袖飞。

二〇一八年六月二十五日

①鱼龙杂戏：古代百戏杂耍节目。唐张说《侍宴隆庆池应制》："鱼龙百戏纷容与，凫鹥双舟较溯洄。"
②吴娘：苏州美女。古代苏州女子不仅人美，且多技艺。烹饪即其中一技。
③酒溢当垆：用汉卓文君与司马相如当垆卖酒典故。
④楸枰：围棋棋盘，引申指围棋。这里指象棋。清苏煜坡《舟中杂咏》："一阵楸枰消永昼。"

盘龙山山庄

四合农院坐山阿，庭树摇丹花絮多。

华舍半林人沓至，风亭三径客蹉跎。

桃飞红雨云翻浪，霾转青林鸟度梭。

农第清幽尘嚣远，村桥勾影月溶波。

二〇一八年五月三十日

半月猛雨

半月云湿苦雨淫，冲波聚浪涝龙腾。

夏粮倒地芽生穗，秋稼随泥秆附蚝。

檐水珠长风线续，门衢泓茂浪纹生。

农人自诩田活重，扶麦排洪翁妪行。

二〇一八年六月二十八日

与乡民村陌踱步

结伴徜徉陌垄间，村民健步荡风帆。

药青几日浮光漾，树绿何人沐露玩。

项目缘农丰百姓，脱贫有像惠千廛。

延伫搭背天炎永，阵阵笑声出瓜田。

二〇一八年六月二十九日

药畦野韵

风微花谢暗留香，初夏天炎日气旸。

畦药扬花飞笑语，村民薅草舞锄忙。

二〇一八年六月三十日

秋　影

晚花迟卉梦留香，雁阵溟蒙丝路长。

曲径斜堤晴带雨，夕霏薄雾夏耘霜。

溶溶蟾月流黄①动，冷冷秋床②薄衾凉。

已讶风枝惊露早，虫鸣深树叶渐黄。

二〇一八年七月五日

①流黄：彩色织品，指室内窗帘。唐沈佺期《独不见》："谁谓含愁独不见，
　更教明月照流黄。"
②秋床：室内秋日卧床，示冷。宋王安石《葛溪驿》："缺月昏昏漏未央，一
　灯明灭照秋床。"

西坪忆旧

其一

隐隐山庄岫壑藏，秋禾苜蓿挟风扬。

支书屡著劬劳绩，乡梓重歌孝友章。

《七月》①豳风诗足味，年关伏腊②祀宁康。

暇时锣鼓乐成瘾，客至托盘麦饭香。

其二

西坪风貌旧曾谙，一谷两梁卧莽原。

鸟过暮川留远影，树摇晨雾现遥巅。

山庄曾炽秦腔戏，村户多钟礼让篇。

迁后风烟空拟撰，康宁和睦仍承传。

二〇一八年七月九日

①《七月》：指《诗经·豳风》中的《七月》。诗中描写农民的辛勤生活和艰
苦劳动。这里指当地农民生活和劳动的情况。
②伏腊：祭祀名。唐杜甫《咏怀古迹五首》其四："古庙杉松巢水鹤，岁时伏
腊走村翁。"

盼

劳务远离乡，妪翁倚宿窗。

似听鹊报讯，又搅百结肠。

风静荧屏冷，巢空皤鬓霜。

蛙声残续梦，细细更宵长①。

二〇一八年七月十八日

①细细更宵长：喻孤居难眠，更觉静夜漫长。翻用唐李商隐《无题》诗"重帷深下莫愁堂，卧后清宵细细长"句意。

筑新宅

夏日天长村貌变，推平旧垒砌新庄。

机飞转桨疑阴雨，夯落围基熬酷阳。

工地欢声云汉跃，料车雷吼砬尘扬。

扶贫精准惠农户，村镇整合现嘉祥①。

二〇一八年七月二十九日

①嘉祥：祥瑞。《汉书·宣帝本纪》："屡获嘉祥。"清苏煜坡《莲塘》："半壁荒祠半亩塘，曾听遗老纪嘉祥。莲花不改千秋色，池水长留一瓣香。"

变

机声日复卷衢尘，千户合村梓舍横。

霄汉远开郭角影，茂林近敛陌边风。

垩光商厦通云塞，青色精庐①耀更灯。

栉次新村妆胜景，康庄道上彩云蒸。

二〇一八年八月二日

①精庐：学舍，读书讲学之地。清苏煜坡《绿天庵》："几处精庐几本蕉，遗踪约略认前朝。"

再咏盘农山山庄

农家林院事犹忙，纷沓游人引兴长。

食宿玩乐成套路，逸情真在僻山乡。

二〇一八年八月二日

再咏石窟寺^①

凤山空余几石龛，宋塑迹无洞俨然。

尚有镌额仍宕汉^②，云游大圣未回还。

二〇一八年八月三日

①石窟寺：佛教寺院。位于隆德县南凤山山南巅。相传广成子于此修道未果
　离去。
②宕汉：指宋代镌额"磨日宕霄"四字。

梓　迁

新舍妆成便道宽，绿杨初起映居廛。

村民互贺梓^①迁喜，阔路车声伴笑旋。

二〇一八年八月六日

①梓：梓树，故乡的代称。此处指乡民的新居。金代刘迎《题刘德文戏彩
　堂》："吾不爱锦衣，荣归夸梓里。"

村居杂咏（八首）

新舍

老村寂寂似荒郊，野草青枝木末摇。

忽讶人声林樾隙，新修农舍落平皋。

二〇一八年八月六日

退耕

坡冚退掉退台塬，卅载还林莫等闲。

塞上幼林多处见，故乡绿树早封山。

二〇一八年八月八日

竣工

竹花缘檩耀云槎，红带飘飞半缕霞。

今日峻成三处宅，明晨破土又谁家。

二〇一八年八月十二日

玩牌

宿雨罡风未透晴，人声忽讶闹门庭。

花牌重洗桌中供，组队入局赌输赢。

二〇一八年八月十二日

铺道

硬化乡衢到我村，家家门首找地平。

砼石铺尽宅边路，淫雨雪晴自在行。

二〇一八年八月十四日

买菜

吆喝拖腔便道行，新蔬又上绿杨村。

如今购物真方便，快递物流送院门。

二〇一八年八月十五日

丰收

秋稼初黄夏麦盈，村民收获趁霜晴。

莫问今岁增多少，回眸割机满地鸣。

二〇一八年八月二十日

望月

溶溶明月故乡园，皎皎清辉夜色寒。

凝目摄得蟾殿影，携回怀袖梦中忺。

二〇一八年九月十四日

再咏清凉寺

淡烟疏雨漫山腰，岚隐神祠淑景娆。

崇殿曙光窥雾海，径苔夕日望云韶。

经风草木知寒暑，结冻霜枝凛狂飙。

虔笃信民金泥拜，衔知①巽绩自舜尧。

①衔知：感念庇佑之恩。

初秋夜

一窗明月满帘凉，几缕金风送蕊香。

云敛似闻归雁影，风急犹觉曳蛮腔。

衾单顿惜晨昏枕，气冷还思旧袄装。

不惮宿窗常寂寞，夜深纳睡梦犹长。

二〇一八年八月九日

秋

柔枝妆景正菊红，满院凉生又朔风。

霜旦晴开材药秀，林昏气蕴雨帘蒙。

浅黄高曳郭边柳，深绿转铺沙砾棚。

是处秋明君看取，转翻网讯稔禾丰。

二〇一八年八月十日

沙塘初秋

药花漾野畴，溢彩碧氤氲。

乐土斯乡现，梓民地殷矜。

频年花县①梦，渐日葛天民。

晓读蒙童语，惯听胶序②音。

二〇一八年八月十日

①花县：晋潘岳为河阳令，境内广植花木。喻升平景象。
②胶序：殷学名序，周学名胶，后即用作学校通称。

隆德中学

庠序①藏春岫谷间，陇云拥翠四时妍。

朝岚缕缕丹霞灿，暮霭重重夜色寒。

琅琅书声融睿智，欣欣遗泽育经纶。

梓乡黉馆峰台②老，花艳杏坛一百年。

二○一八年十二月八日

①庠序：古代的地方学校，后泛称学校。《孟子·滕文公上》："夏曰校，殷
  曰序，周曰庠。"
②峰台：即峰台书院。清光绪十九年（1893年）创建。

陇干弦歌

丝路穿城夜色重，课铃声曳汉唐风。

鸡鸣曙色书窗冷，弦诵①声摇满邑灯。

二○一八年十二月二十一日

①弦诵：弦歌诵读。宋苏轼《潘推官母李氏挽词》："杯盘惯作陶家客，弦诵
  常叨孟母邻。"后以指学校教育。

山城元宵节（三首）

其一

十五六盘月更明，电光潋滟满山城。

彩灯谁复张云母，字谜重猜记鱼灯。

破雾竹花明眸目，侵空焰火闯霄程。

邀来仙使耽吟赏，再品韶乐唱大风①。

其二

上元灯展市西东，穿巷雪飘过面风。

灯影恍惚猜谜底，管弦激荡贺宵更。

纷呈杂耍民间舞，戏谑百转社火腾。

明月浸城霓彩满，山城无处不春声。

其三

灯节乍暖又还寒，彩帜飘飘隐木帆。

深巷秦韵风助兴，长空爆竹月溶妍。

山民互贺丰年好，童叟相欣灯谜谙。

元夕宵节呈百耍，古城人沸乐斯年。

二〇一九年二月二十日

①大风：用汉刘邦宴群臣作《大风歌》典故。

故乡情

憭绪愁结日月长，相思漫挽旧山乡。

心猿剧探无块垒，意马随行有康庄。

数载努力恍隔世，卅年辛苦慰离肠。

醉杯酣卧轩窗下，游子归来兴更狂。

二〇一九年五月八日

村　访

走村穿巷访耄邻，深锁重门日气昏。

青壮务工谋升斗，媪翁倚牖失元神。

衢桥坦道空绸缪，梦枕惊魂屡约臻。

得见团员明月望，料想十五泪还温。

二〇一九年五月十日

咏隆德书院（四首）

其一

清幽精舍落吴山，尘虑远消半树烟。
奎壁①杏坛出俊彦，老城古郡绽芳丹。
栋梁从教农家羡，翠葆总阴活水源。
三径街头通泮馆，读书声朗月明天。

其二

古城书院启封迟，设帐课徒正当时。
授业释疑诘惑道，研学传技荐才思。
多家书箧寻农技，千载丹青访画师。
鉴古勘今知奥谛，春华秋月露盈墀。

其三

缕缕清风舒健柯，林林庠馆势嵯峨。
紫岚拥院藏书韵，云汉泛槎探智河。
披篇阅题敦教义，昭德塞违②颂弦歌。
千年耕读彰农第，桃李春归律吕和。

其四

棱棱③霜气冲云寒，翠葆交柯淑景姗。

雅室文玩聚经典，壁橱逸画孕云烟。

课徒绛帐④夺魁首，授士智能攻奥关。

细品书窗香墨味，深谙活水有渊源⑤。

二〇一九年五月六日

①奎壁：二十八宿中奎宿与壁宿的并称。旧谓二宿主文运，故常用以比喻文苑。

②昭德塞违：彰明美德，杜绝错误。

③棱棱（léng léng）：严寒的样子。清高咏《贞孝篇》："秉志既以坚，棱棱十
　余霜。"

④绛帐：红色帷幕。对师门、讲学的敬称。清龚自珍《己亥杂诗》："孔壁微
　茫坠绪穷，笙歌绛帐启宗风。"

⑤活水有渊源：宋朱熹《观书有感》："问渠那得清如许，为有源头活水来。"

端午节隆德书院即兴（二首）

其一

书院留踪端午节，花香鸟语总相偕。

图书再启窗灯迥，翰墨分光书趣谐。

弦管和弦琴寄语，陇腔浅唱网输碟。

龟山饶逸清游兴，心曲放飞色可接。

其二

缓坡风树夏时深，木叶交柯雨露蒙。

青帐层波接目泛，翠楼兀馆亘山横。

松窗静室机息悟，壁画幽橱墨趣增。

连市适情闲爽乐，近埤可续读书声。

二〇一九年六月七日、九日

喜迎伯牛先生造访（二首）

其一

处暑门庭三径开，鹊枝报远故人来。

煎茗旺火一壶水，酌酒清茶几盏杯。

戏谑嘘寒无俗气，促谈褒抑见宏才。

深铭陋室品高论，延嘱心切挽吾侪。

其二

骄阳投紫絮飘蓝，一亩寒宫聚友忺。

花茂满园人荐兴，木扬阔院鸟啼欢。

浅吟吾稿哂孤陋，细诵君辞感奥艰。

午后日斜风向静，转归临歧①亦潸然。

二〇一九年六月十六日

①临歧：临别。清高咏《义山年兄暂假归里书此为别》："临歧执手衷情竭，
霜天目望金台月。"

消　夏

炎威迭起夏初长，三度归乡鬓已苍。

几处剧场追角累，多家棋子供闲忙。

联交远涉渭阳侣①，叙谊应居辋里②乡。

午睡鸡鸣常伴梦，避嚣锁静有良方。

二〇一九年六月十七日

①渭阳侣：即渭阳之情。秦康公送他的舅舅重耳返晋。送到渭水北岸。作诗
　云："我送舅氏，曰至渭阳。"后用以颂扬甥舅之情。此引申为友朋之情。
②辋里：即辋川，在陕西省蓝田县。这里青山逶迤，峰峦叠嶂，风景秀美，曾
　是唐代诗人王维隐居地。此喻于家乡居处。

归燕觅宅

避暑故园又几春，川洼聚落正脱贫。

归来旧燕寻栖处，似认似疑老舍村。

二〇一九年六月二十七日

隆德书院留别

龟山风起气清凉，葩卉摇丹蝶阵忙。

翠帐参差光可染，华楼高矮影输凉。

展厅古墨先贤语，廊馆新丹俊彦堂。

临水寄情观鱼性，嚣尘顿散有良方。

二〇一九年七月二十五日

龙王池即兴

木影拂湫砾道弯，龙池飞瀑雾花寒。

泓珠滴碎天光影，澄脉凉生活水源。

每向潺流聆呗语，常临碧虚①悟机诠。

灵泉浥露涤烦意，块垒消除获味甘。

二〇一九年八月二日

①碧虚：指绿水。唐张九龄《送宛句赵少府》："修竹含清景，华池澹碧虚。"

初 秋

秋来炎退释凉怀，宿雨如淫河汉开。

厚雾欲迷丝绸路，急风任掀陇颠霾。

陇干故址洪波茂，山县长街花絮排。

露色晶莹明翠葆，丰盈红果遍崇垓。

二〇一九年八月二日

赞隆德首届美食节

杂陈食味馔肴忙，烹饪惊盘色味香。

吴娘后厨煨双鱼，当垆压酒劝君尝。

二〇一九年八月二日

初秋夜

溶溶弦月耀秋声，村舍西坡柳坝东。

药地虫鸣人影少，芑田机响稔禾重。

塑棚熟瓜馥香远，垂架葡萄干味浓。

秋夜乡村多好景，今年熟稔又丰盈。

二〇一九年八月二十七日

秋雨中

暑尽秋来宿雨潇，檐流如注吼嘈嘈。

田头垄埂多人影，闲却幽居檐水熬。

二〇一九年八月二十七日

硬化村路

乡间泞路旧陂陀，硬化夷平绕舍坡。

昔运时常临歧道，今行多是度轻梭。

通衢朝雨飘飒飒，深陌芪田绿娜娜。

脚户忙时求捷径，乡村商贸便利多。

二〇一九年九月三日

龟山道中

六盘云聚龟山暗，日午风歇雨又霖。

寒气仍臻霜陌草，凉秋再助露虫音。

观泉流断高楼兴，塘坝波澄碧水粼。

山果野桃如届约，未到书院气香浓。

二〇一九年九月五日

过关大庄

转峦傍壑走蜿蜒，卅里坡衢半日寒。

电脉交叉线布网，青杨互错岢涵岚。

收荞刈谷秋光满，苠稼归仓冷气添。

归雨飞云浮联水①，雁群引颈过秋山。

二○一九年九月十五日

①联水：位于关庄六盘山侧峰的北联池。为一火山喷发后的盆积水形成的天
池。为"隆德八景"之一。

五龙山寺遗址述古

何年建寺在山阿，曲道萦尘倚岫峨。

宏塔废基砖余几？僧丁逝殁呗无赊。

草铺苔径荒烟满，土夯围垣翠障遮。

记取昔时炽昌貌，香烟木鱼供佛乐。

二○一九年十月九日

渝　河

伏水潺湲入谷泾，穿崖转壑沲清泠。

高坡畴亩芃禾晚，阔坝深塘蓄鱼盈。

曲浪接冥秋色迥，斜阳驻野朔风轻。

清流护稼缘多兴，一路飞湍绿满汀。

有感于龙王池宋墓砖雕壁画被毁事

　　二十世纪六十年代初，隆德县文化馆于观庄清理了一座水冲开的宋墓。墓中只剩极其精美壮观的砖雕壁画。其砖雕被运回后，于县南侧龙王池砌一照壁。原砖雕嵌其面，以保存昔日砖壁风采。据考证，此宋墓为宋悍将任福衣冠冢。后毁。惜而记之。

谁教夷墙捣画砖，胡为宋墓几罹难。

雕图剥尽无颜值，石土刨光裸败垣。

宋夏鏖兵丧戍勇，任将匿迹瘗衣冠。

遗存殆尽堪长忆，忆起令人亦怅然。

二〇一九年十一月二十四日

醒　目

尘欲常疏寄襟怀，荧屏每教悦眼开。

改革开放迎挑战，弦颂精研育英才。

建厦山乡商贾聚，营巢项目贝鋆来。

青峦日暖松烟雨，化境春风遍九垓。

二〇二〇年四月十二日

沙塘瓜田（二首）

其一

沙塘三月柳垂丝，满目平畴又兴师。

江浙瓜农扎塞地，山乡耕户务勤资。

西部发展村人喜，宁陇腾飞货贝滋。

互利盈资缘泽惠，脱贫致富亦相持。

其二

雾树霾花云汉栽，长桥狭径砾衢开。

瓜农千里肩锸动，棚架数程傍影排。

衣帽务勤接暮雨，货车拥道浴尘埃。

风情撷取恩波涌，沃野更滋浩泽来。

二〇二〇年五月二十日

隆德新貌

翠拥陇岫障青屏，红减绿葳夏景兴。

蟾月溶湖光映水，夕阳投舍影侵汀。

机车循径寒声早，泮馆藏春夜气凝。

欣喜霖殷秋稼足，云开丝路正雪晴。

二〇二〇年五月三十一日

瑞龙制造业有限公司感赋（二首）

其一

瑞龙飞跃渝河旁，靓影皇皇①蔚炳光。

璆料钳鳞石点眼，墨丹复体画炫煌。

镌雕孤品物神似，模塑杂什技艺彰。

货贝殷殷金斗进，业风鼓棹②籁导航。

其二

瑞龙携日应时生，花树摇红水漾风。

画技墨凝旋玉律，石韵丹染若金钲。

产能有像盈丝路，艺术无涯陟艺峰。

极致作坊缘大梦，辉煌业绩正飙升。

二〇二〇年六月十六日

①皇皇：显耀，盛美。《诗经·鲁颂·泮水》："烝烝皇皇。"
②鼓棹：划桨。《晋书·陶称传》："鼓棹渡江，二十余里。"此指海上丝路
　贸易。

携老妻同运奇三舅去南湖寻医，沿途记景

车行山道走蜿蜒，齐岔石峡争转弯。

峦岫离离幽谷迥，农屋点点茂林斑。

参差台地禾苗壮，大小塘池蓄水湉。

宁陇界邻缘好景，倚崖游目觉天宽。

二〇二〇年六月十八日

再咏沙塘川瓜田

一马平川走复长，结营塑帐共一乡。

良田百里藏玑翠，沃土数片靓素妆。

江浙瓜农千里梦，山乡佣户半年忙。

熟瓜攒堆傍衢堆，接塞连云供四方。

二〇二〇年七月十五日

消夏所思

又是一年消夏时，农家生计任攸司。

焙茶滤水寻炉火，沽酒携壶溺酌卮。

世事淡如鸡肋味，人情浑似木求鲻^①。

饱食终日思清梦，冲雨遥峰自觉痴。

二〇二〇年七月十五日

①鲻（zī）：鱼名。晋左思《吴都赋》："跃龙腾蛇，鲛鲻琵琶。"

村　舞

雨歇村道冷柔荑，向晚风晴曼舞姿。

散点微匀如布阵，列行细整似誓师。

啸歌直透干云动，裙袄摆圆汗气滋。

酣兴浓时归忘晚，总将余彩作朝晖。

二〇二〇年八月二十六日

故乡秋实

故乡山水色葱茏，泼彩平畴秋实荣。

高速腾飞民气壮，脱贫功利国力充。

风侵秋稼割机吼，雨洗瓜田人影重。

到眼丰盈昔日梦，蔗秆细嚼味醇浓。

二〇二〇年九月十四日

记三月中旬故乡沙尘暴

十年沙暴夜阑来，清昼灯昏道不开。

玉宇溟蒙林木逝，气流凝滞沙尘排。

兼程车队迷风影，失态农屋没雨霾。

乡貌欲荣重霭散，初芽穿雾遍青苔。

二〇二一年三月十五日

记榆林寺皮影庙会（二首）

其一

庙会撑台荐古腔，余携剧社赴崇岗。

戏场修整演职动，影地妆台剧务忙。

释道同坛慈目炯，塑雕共案善心臧。

帐开弄影人纷至，天籁韶音吼大荒。

其二

月冷崇阁磬叮当，竹花燃焰絮飞扬。

百年庙会①遵时典，八位秦伶②弄影忙。

汉始皮人翻故事，今操影帐荐心香。

管弦时调腔时变，吕律循剧又一场。

二〇二一年五月十三日

①百年庙会：谓百年来榆林寺首次庙会。
②八位秦伶：指此庙会邀请的八位陕西凤翔秦剧演员助兴。

月夜访邻

泠泠明月巷衢森，携伴蹒跚访旧村。

拉呱兴谈诘野史，网波翻目觅遗闻。

降香藩王纳民女①，妥汉戍边植村名②。

故事隐民藏岁月，邑方补佚赘齿文。

二〇二一年七月四日

①藩王纳民女：相传明朝初年一朱姓王子来隆德沙塘五龙寺降香，于沙塘董庄宠幸一董姓女子。后藩王一去不返。董姓女子后来被当地人称为董娘娘。董庄北山有董娘娘坟。

②"妥汉"句：明初一李姓谪戍官员落户隆德神林上堡子。谪官十分富足，本地人称妥汉。至今此地俗名叫李妥汉。

午后暴雨（二首）

其一

瞬间雨骤日轮昏，雹借冲飙①欲吞空。

嫩树千株拔土起，熟田万亩浊泓冲。

排洪多在风尖走，疏道不离垄浪中。

雨逝莺华仍烂漫，农人补种又耘耕。

其二

一场急雨暮增寒，黄浪排空欲浸天。

堤涨风啸多股水，坡溜树滑几重山。

失群鸟雀争风树，落魄畜群僻坳弯。

风定雨晴泥水浸，独剩货运觉衢宽。

二〇二一年七月九日

①冲飙：大风。晋葛洪《抱朴子·安贫》："万钧之为重，冲飙不能移。"

隆德书院刘墉对联赏吟

书院瞻联沐雨风，水侵磴道雾霾沉。

启函色老彰清趣，展卷韵通品逸琛。

墨饱字圆巧结体，创新守正足风神。

阴阳款跋朱泥细，钤首"昌隆"讶墨珍。

二〇二一年七月十日

董娘娘墓①

城西雄峙董洼山，陌埂沟坡草蔓芊。

梁峁董妃留冢址，茔丘祀器已消然。

少妃濡泪空环珮②，藩王遁形不露颜。

多少民间情薄事，道来生恨怨渣男。

二〇二一年八月十九日

①董娘娘墓：明代藩王妃墓。位于隆德县城西董洼山。土冢无存，原祀石供器
于"文革"中被毁。

②环珮：旧时贵夫人所饰玉饰。杜甫《咏怀古迹》："画图省识春风面，环珮
空归月夜魂。"

咏渝河（二首）

其一

陇坂^①清流逆向流，西穿阔坝静宁州。

苍原迂浪连峰绕，南向三阳^②再羕游。

其二

清流未必竟华波，注入平畴溉稼禾。

默入三阳分泽后，沿途豁目植景多。

二〇二一年八月二十一日

①陇坂：六盘山西麓。
②南向三阳：贯通宁夏隆德县境的渝河入甘肃静宁县东峡，南折庄浪县和秦安
　县交界处入三阳川，向东于天水秦安处入渭河。

村　巷

清泉隐树流，巷陌穿衢幽。

客旅踯躅①过，引颈几掉头。

二〇二一年十一月十三日

①踯躅：徘徊不前貌。明陈子龙《小车行》："扣门无人室无釜，踯躅空巷泪如雨。"

秋　歌

塑帐萦川笼瓜田，沙塘秋熟已生寒。

果蔬下架待销运，风马云车①伴朔旋。

二〇二一年八月十二日

①风马云车：形容运输工具之多。

网　讯

风刷网波频，妻催梦呿灯。

更深冬月夜，情牵海波烽。

二〇二一年十一月十三日

老庄怀旧

峣峰孤月幽，壑谷断潾陬。

阔院轩窗敞，蕤园林果稠。

田薄资稼乏，地广税繁忧。

奕世勤耕种，难平衙溇尤。

二〇二一年十一月二十三日

雪霁，再过关大庄

峰回路转峁丘长，林掩车藏风絮扬。

日隐联池^①明霁色，雪侵伏崖^②散寒芒。

安居万姓丰膏腴，富足千家乐小康。

冲冻北向归塞去，云衢霜舍共一妆。

二〇二一年十一月二十七日

①联池：即北联池。位于宁夏隆德县城东北二十公里处六盘山。
②伏崖：即伏羲崖、先人崖。六盘山天池景区内的山崖。

赴　塞

又作沙洲千里行，六盘秋老半晴阴。

风急高速翻霜冷，云敛悬崖见雁惊。

稔稼归仓松沃土，风轮转斗蓄金星。

关心民瘼赞豁勉，一路风情壮耄龄。

二〇二一年十一月二十七日

冬日山居

萧寂山居与性谐，廋形短景叹吟嗟。

玉龙锁院从风乱，晴岫当窗被霭揶。

霜枯竹檐弦月暮，风开铁扇日光斜。

烟扉呵手晴岚晚，灯影昏昏夜浸阶。

二〇二一年十一月三十日

故园忆旧（二首）

其一

塌山脚下认归途，耕读人家岁月徂。

涧壑秋漱黄水润，平畴新染翠芜浮。

桑田仓粟终生事，绛帐课徒风教孚。

虽是土茅满衣帽，可人日月隐农庐。

其二

萦河农院倚塌山，庄户课耕伺稼田。

硕地禾摇风细细，王渠流缓水浅浅。

探珠始信临赤水，获玉还须赴蓝田。

旧业艰辛劳祖辈，怅思回首几泫然。

二〇二一年十二月八日

记与兴才、良志、效谦诸友农院小聚

同窗聚首兴欲陶，旧雨联欢语滔滔。

物欲早疏情偏重，剧谈尚健兴亦高。

卅年从政留本色，一日投簪①乐吾曹。

平日未知离别恨，今朝分袂意萧萧。

二〇二二年七月十六日

①投簪：丢下固冠用的簪子。比喻弃官。清金农《题青林沟所居》："尘坌炎光昼已空，投簪久羡濯缨翁。"

北联池记胜（三首）

中秋节后，应西峰秦剧团邵团长之约去大庄乡看戏，未果。遂携妻和五妻妹随运奇三舅转道游北联池。记云。

其一

陇峰青黛映清泓，浩浩灵湫[①]鉴影踪。

宕日绿林光敷翠，刺霄苍岫色侵空。

澄波一窟先飞彩，秋叶半山早锁红。

兹自火山裂罅后，危巅惊浪海声同[②]。

其二

寒声千树透清泓，灵窟游纹聚昊窿。

接日湣波光笼汉，刺霄湫水浪蒙穹。

龙君入府蛟鼋静，鱼穴[③]积霾神濮[④]通。

此处无甚规潜网，碧潭鉴影自从容。

其三

巉峰仄障与云连，灵窟泓寒朔气旋。

岩耸湫平石孕玉，草蕤树茂堰生烟。

鲛人织绢空濡泪，曾祝沉牛⑤假逝年。

故事沧桑声已矣，兹游奇绝赌奇观。

二〇二二年八月二十六日

①灵湫：即北联池，六盘山顶一天池。《隆德县志》载："县东北三十五里山麓中，周围三里，深不测。始于春秋。上建惠泽大王庙，'岁旱邑人祷雨于此'。"

②海声同：援引《隆德县志》载邑人董炜勋《灵湫》诗："百川不必东流去，此地涛声海气同。"

③鱼穴：意指北联池。《隆德县志》载张文炳《灵湫》诗："龙宫探秘静无底，鱼穴翻空动有声。"

④瀵（fèn）：地下涌出的泉水。

⑤鲛人献珠、曾祝沉牛：引杜甫《奉同郭给事汤东灵湫作》，指穆天子祀河事。比拟唐玄宗祭灵湫，谓祭礼丰厚。

农村新貌

政策转型又重农，总将农惠襃时雍。

岿畴垦亩霜禾茂，坡脚植苗芪稼秾。

联产承包机速满，整合村镇供需匆。

还巢飞雁机宜契，商浪贾潮籁好风。

二〇二三年六月一日

锁　愁

　　余栖宁南山乡老宅数载，惯见村民多老弱鳏寡者。常年少见外出务勤儿孙，思之甚苦，遂口占七律一首以记之。

想望儿孙泪几行，茶食无味百结肠。

年高方觉亲情淡，幽恨那堪生计忙。

满院草花愁寂历，一窗山月寐凄凉。

方知身是孤零雁，怎悟已到安乐乡。

二〇二三年七月十六日

兴游得句

记与表弟银富夫妇及表妹和家人六盘山森林公园行旅。

小南川

山峦冉紫气，涧壑响崖风。

转道幽林静，回车云叶封。

踏青寻芳翠，扑影跋霜峰。

夏日消时永，怡神鹿作朋。

凉殿峡

荫浓炎日敛，草茂百花残。

淑气生云巇，晴光转碧岚。

梳风松涧瘦，浣水石棱坚。

摈断嚣尘累，再偷几日闲。

二〇二三年七月二十二日

伤瓜农

浙江瓜农在沙塘川等地承包种瓜已十余年。今年受市场营销影响，满地熟瓜无人问津。瓜农们只能悻悻离去。余睹其况，极为感慨，遂吟诗记云。

连片熟瓜攒堆抛，江浙瓜农归路遥。

千里务勤举家舍，半年辛苦棚作巢。

投资失败光阴苦，血本无归朱面凋。

泥爪鸿留多啼血，都飘商浪水花潮。

二〇二三年八月二十日

喜见农村弃院改建农家乐

乡村闲院已迹陈，近日改观复旧形。

植遍黄花秋雨浇，铺平狭道暖阳明。

客闻乡曲思热土，鸟唱骊歌感柔情。

古树苍峦澄百虑，喜携烟户伴晨昏。

二〇二三年十一月三十日

乡　恋

故乡稔熟今秋早，农院菊黄竟日增。

燕立篱墙窥冻雨，蝶穿花架避凉风。

闲愁暂教辋川静，尘滤多凭白堕①封。

赖有啸歌存底气，老来浑未减狂声。

二〇二三年十二月二日

①白堕：即刘白堕。南北朝善酿酒之人。后人代指美酒。

打工者述

矿区沙暴吼，厂地砬尘频。

溽暑背炎热，寒冬凛朔阴。

工结薪少讯，岁尽债无因。

浊酒浇肠醉，谁怜除夕贫。

二〇二三年十二月十二日

乡　寂

明月满城歌舞喧，闲门愁绝意联翩。

家乡卅载成空巢，都市近年扩几环。

自诩心忧乡振兴，每逢人走户穷殚。

故园落寞知多少，尽蚀时风商浪间。

二○二三年十二月十八日

秋到宁南山区

淑气凌凌微旭生，旷原秋熟色凝馨。

晴岚投紫武陵地，香雾输丹赤县民。

生境平衡人意好，脱贫高效梓情欣。

山乡秋实多和美，漫兑时光荐兴吟。

二○二二年八月二十二日

孤巢吟

僵卧孤巢自伤神，赢躯寒枕苦呻吟。

新愁添堵薄衾冷，窗外风霜入夜频。

二〇二二年八月二十五日

塞上景明

元 宵

元宵霜冷怯春寒，街市灯明人影穿。

蟾月一轮光焰亮，波溶朔漠凤城妍。

二〇一七年二月二十一日

昊王陵

昊王陵边砾垒重，春寒漠漠不飞鸿。

借问霸业今何在？冢裸荒丘月浸空。

二〇一七年三月三十日

春之韵（十首）

春发

塞上边城本峻垓，绕郭黄水涌天排。

棋盘镜亩林渠绕，快铁空航瀚漠开。

浑漫身镶图画里，忽缘心随锦波来。

万般淑景春一泻，巨匠挥刀巧剪裁。

春机

春树护云风散丝，黄榆白苇露侵枝。

夏陵几座尘霾厚，拜寺多层落照迟。

熟地棋田犁宿土，移民竣舍庆醇卮。

好风昨夜呼商旅，贾客网频寻契机。

春祺

寒烟飞卷水茫茫，万里晴沙卸素妆。

风暖青阳天宇净，岚飘列宿汉云旸。

朝暾霞映潭摇影，夜月光侵波涌江。

自喟春祺聪老目，惠风及物业顺昌。

春影

塞上青杨絮未飘，桃红已见满枝条。

池塘游鱼寻新侣，巷陌归燕觅旧巢。

宕日楼台窗幔秀，傍衢园苑鹧喉嘹。

心同浩泽捕春影，春影已经遍云霄。

春雨

渺渺沙原砾影寒，旷原露重霰丝旋。

疾风吹雾尘开道，云汉布霾雨挂帘。

天冷秃林惊权变，春寒阳律伴风翻。

从来塞上依黄水，雨润沙洲景更添。

春卉

朔方三月未冬央，南雁踯躅字几行。

塞上曲邀琼卉艳，洛阳花降木芍香。

争伸蔓角舒蜂蕊，巧理裙钗着盛装。

缕缕馨香风弄影，更凭紫艳压群芳。

春梦

摇曳庭兰泻绿晖，池塘梦冷邀柳眉。

通衢霾散忺商旅，古郡雪晴醒迅雷。

一抹苍岭云锦动，九弯黄水浪琼飞。

惠风万里萦边塞，明月关山伴梦归。

春行

瓶车携雾漠云低，骊骥悬空破霭飞。

青木雪藏千谷动，冻河冰绽数禽窥。

退耕林草连云秀，机孕畴苗带露葳。

适与泬寥心自醉，萦青横黛忘身赢。

春趣

漠漠湖城半树春，霰开冰窟水排空。

夕阳醉掩贺兰影，归雁声迎拜寺钟。

千里沙洲萌锦绣，万般淑气映新红。

朔方佳趣知多少，逸兴四时日日同。

春潮

烟结尘露雨潇潇，送暖东风度九韶。

蟾兔轻抚边塞月，姮娥醉舞汉河桥。

惊节秃木萌芽早，解冻长河逐浪高。

惠泽恩浮桑梓地，沙洲处处已春潮。

二〇一七年三月三十一日

踱　步

健步舒腰阔院行，霞光微熹晓岚浓。

多群鸟雀争枝舞，几处人车变道重。

草叶畦畴初滞露，花枝圃苑已摇红。

残春一刻千金重，愁睹晴阳又去匆。

二〇一七年四月八日

喜咏洛阳牡丹降银（二首）

其一

四月春寒仍见凉，木芍降朔塞增光。

九区色系彰清艳，三百花株靓蕙芳。

泼彩菱花青雾塔①，霓虹魏紫②露凝霜。

惊呼墨润③多浓郁，绿透青龙④肥叶香。

其二

洛阳芍药露荧光，几树摇红压众芳。

魏紫妖娆出五代，贵妃丽质贬洛阳。

东风袅袅赞裁剪，雨露蒙蒙夸靓妆。

贾客近窥疑欲语，惹离回眸又闻香。

二〇一七年四月三十日

①②③④青雾塔、魏紫、墨润、青龙：均为来银川展出的洛阳牡丹名。

小区院趣事

初升弦月晕波浮，院舞人群阔袖舒。

小犬加盟清寂夜，甩开主子玩影图。

二〇一七年五月三日

端午节龙舟赛

阅海龙舟奋碧漪，健儿参赛阵容齐。

帆樯倏尔搏云浪，岸树忽啦掩锦圻。

振振喊声鸣羯鼓①，重重舟影舞羽旗。

泛槎沧浪湖田去，踏嶂凌波日坠西。

二〇一七年五月三日

①羯鼓：唐时西域传来的乐器。此指龙舟赛时的鼓声。

阅海湾

放舟阅海沱，弹柳绕风搓。

张目云开处，粼粼泛碧波。

二〇一七年五月六日

热

炎夏长天苦蒸晨，茫茫浩漠火云彤。

地龟土裂田如板，林枯叶黄枝宛弓。

闹市商街排热浪，浅湖碧水涌炎泓。

登高历险清凉界，霄汉罡风多烧红。

二〇一七年五月二十日

停　车

小区门首闹纷纷，门卫司机率语噌。

缘于院中泊位少，供需衅隙怨滋增。

二〇一七年五月二十八日

一　瞥

窗外杨花漫野飘，楼边高木任风摇。

骄阳躲进云霾里，满目沙原泛绿涛。

二〇一七年六月二十日

中卫郊游

雾锁长河谷水湍，沙飞峁峁砭坡环。

皮筏泅水争人渡，铁链横空滑斗悬。

数处堠墩连紫塞，九边隘口涌青岚。

风烟断朔苍松弁，大漠腾格瑞霭旋。

二○一七年七月十日

品　兰

日暖风明百卉妍，游人接踵品幽兰。

琼丹荣世知多少，淡雅清香几度参。

二○一七年九月二日

第七届中国花卉博览会在银举行（六首）

小女王怡及婿沈会郎领我们夫妇参观第七届花博会展。是记。

其一

探幽寻胜紫博园，琼卉舒枝满室丹。

一品宿根观叶茂，百家琼蕊品牌妍。

竹韵雅素窥风致，兰趣优柔睹态怜。

看取丝衢葩蕊景，丛芳锦绣绿苞添。

其二

芳卉篱园淑景佳，泛红熏绿灿如霞。

卅多园苑观浓艳，六大展区赏百花。

云路四围循碧浪，瓶车三径绕丹沙。

蝶蜂似觉清凉重，飞入人群啄蕊葩。

其三

竹韵龟甲①露霜滋，盆景幽兰嫩筱姿。

热带丹园舒暖蕊，北国博苑傲寒枝。

多株腊卉②伸霜蕊，四季徘徊③绽露丝。

摇动晴天花海浪，流连博会自知痴。

其四

秋深霜冷朔风频，芳卉博园景不穷。

纵目季厅霞映彩，开怀综馆色涵红。

蕾葩待绽莲枝动，绿萼频增叶脉浓。

十里尽成香世界，几多菊苑影重重。

其五

七届花博靓丽姿，惊乎塞上紫霞飞。

南国琼卉多秾艳，北地寒花独秀枝。

雨洗莲池秋色满，风牵画角叶韵回。

繁花朵朵闻香醉，游客袖怀携馥归。

其六

姹紫嫣红看不穷，圃琼胜景映霓虹。

蕾葩初绽稠枝簇，骨朵待放秀叶浓。

心醉自凭丛卉艳，情欢每赖蕊香融。

婀娜菊赋④观不厌，寸草名花互浸同。

二〇一七年九月二日、八日

①龟甲：热带竹名。
②腊卉：梅花泛称。
③徘徊：玫瑰别名。
④菊赋：指晋钟会《菊花赋》。此谓菊展。

观 菊

博览园中百卉妍，游人乐赏细瞻参。

奇花醉客数难尽，更爱霜菊一寸丹。

二〇一七年九月二日

花 事

连畴接塞倚云栽，万亩平沙遍绿苔。

满目奇葩催美景，几多紫艳浅深开。

二〇一七年九月十日

再咏第七届中国花卉博览会展

卉馆平镶绿萼间，瓶车轨道绕湖穿。

游人最是留恋处，热带繁花醉酡颜。

二〇一七年九月十二日

阅海湖

阅海波光映漠天，钓矶鸥鹭几盘桓。

疾风过处漪波兴，疑是姮娥弄杼玩。

二〇一七年九月二十八日

治　沙

草绳结网浴炎阳，双手凌寒几浸霜。

风冽沙旋苗不起，沙洲妆景又一梁。

二〇一七年九月三十日

黄河古桥

阔水岸边津口古，乘船摆渡浪奔匆。

彩虹数道横江面，贾客盛赞不世功。

二〇一七年九月三十日

晚　秋

边塞霜来旷景幽，风烟万里入金秋。

新湖并块芦围帐，晚稻接片穗攒畴。

圃艳金菊晴更好，园蕹嫩果雨方柔。

绿肥沙草牲群壮，转日山光映碧流。

二〇一七年十月三日

塞上秋明

霜染平畴豁景明，黄河贯塞锦波生。

春蕹沙漠葱林秀，秋熟茛田茂稔丰。

香粒滚飞重穗露，枸杞摘落满篮风。

半山紫日将西坠，樽酒肴盘尽兴呈。

二〇一七年十月五日

阅海湖韵

凤城秋尽景婀娜，风透凉亭水浸荷。

惊见晴空鸣秃鹫，湖中潜影苇丛遮。

二〇一七年十月十二日

清　寒

朔风输冷气如刀，晓雾微开曙霭消。

疏叶飘零云漠漠，大河飞浪水嘈嘈。

叽喳沙鸟秃枝啸，呜咽朔风线网摇。

莫道眼前风景恶，长街短巷满春潮。

二〇一七年十月十三日

寒　潮

寒潮过后素尘弥，霜树霾花野水迷。
坦道疾车冲雾过，笛鸣高速漠云移。

二〇一七年十月二十日

暮　秋

秋林凋敝叶片飞，霾树凌寒送朔飔。
风冽夕阳霜草短，轩窗月冷鸟声迟。

二〇一七年十月二十日

送　客

朔风侵沃野，塞上气犹凉。

郊别津梁侣，折枝柳已黄。

长河出故道^①，落日薄崦梁^②。

车影渐消去，沙原旧莽苍。

二〇一七年十月二十一日

①故道：此指青铜峡黄河大峡谷。
②崦梁：即崦嵫山，在甘肃省，传为太阳落山的地方。

霜　降

夜来霜降小区园，轻启窗帏冷气翻。

清道工人行更早，飘红秋叶舞帚旋。

二〇一七年十月二十四日

西夏陵前

党项终蒙轩鼎①尘，石碛沙砾尚荒丘。

泥牛入海侵龙髯，马鬣封②关瘗冕旒。

云雨阁台晨露重，江山宫殿暮霾流。

当年折戟情犹在，难泯圹包论古酋。

二〇一七年十月二十六日

①轩鼎：即轩辕鼎，这里代指国运。宋陈鹄《耆旧续闻》卷五："属轩鼎之俄
迁，逮汉坛之未遂。"
②马鬣封：语见《礼记·檀弓》。原指封葬孔子，此指西夏王朝湮灭。

阅海秋湖

阅海澄湖秋景娆，榭台矶影隐林梢。

朔风吹水金波兴，落叶飞旋又几桥。

二〇一七年十月二十八日

秋老塞上（二首）

其一

典农①秋老朔风频，熟稼收仓茂水盈。

双塔晴阳明拜寺，数墙霜霭阴夏陵。

霾涵旷宇云林瘦，雾复新村夕日曛。

未违农活经四季，复增物象岁华新。

其二

夕阳西坠欲沉山，露冷沙原水汽寒。

阔道嚣尘迷旷野，长街华焰映霜栏。

株密白草和秋枯，香细黄菊随露屏。

自有青松常绿木，亭亭秀色仍可餐。

二〇一七年十一月四日、二十二日

①典农：典农城，西汉置。分南典农城和北典农城。南典农城在今宁夏青铜峡
邵岗西。北典农城在今宁夏永宁西北。

晚　练

朝暾穿雾下阶墀，气滞霾寒冷霰凄。

幽院扭腰时健步，广场甩腿又舒肌。

相邀邻友聊良夜，互约狗朋逗犬啼。

猛觉岁深冬正兴，互诊保暖再添衣。

二〇一七年十一月二十二日

雪　天

雪飞沙卷偃寥原，飒飒西风冽昊天。

倦鸟怯寒人影少，秃林摇霰木条斑。

平时举步嫌衢窄，当下舒视觉眼宽。

飞絮漫接沁胸次①，霜天独立兴联翩。

二〇一八年一月四日

①胸次：胸怀，心里。《庄子·田子方》："喜怒哀乐不入于胸次。"

雪 夜

晚步逐晴雪，沙原一望皑。

寒凝楼影瘦，唯见道旁槐。

二〇一八年一月四日

夕 昏

霜阴复日昏，大漠絮飞横。

远目侵风浪，岁承稼穑丰。

二〇一八年一月四日

年初头雪

六出银粟自天山，千里平沙苦素纨。

雪偃莽原风散絮，日融秃木树摇幡。

飞鸢投影禽逃遁，楼舍失形气转旋。

万类霜天丘壑美，大年雪狂梓民忺。

二〇一八年一月三日

早　市

晨风凛凛路迢遥，起早谋摊星斗高。

及至圩场停泊处，有人占位又一霄。

二〇一八年一月八日

岁　至

新岁将临计有时，露干风冷日出迟。

素妆峦岫云霭霭，凝霰河塘雾凄凄。

紫气萦商营岁货，惠风及物聚囊资。

春光不负人情老，再唤邻朋举凸卮。

二〇一八年一月十六日

清道工

凤城霜碎月晕圆，清道工人五更寒。

帚舞长街尘土尽，手抠缝隙垃圾芟。

寒流袭面冰犹峭，雪絮侵衣汗未干。

为使市容常亮丽，栉风凌冻自心甘。

二〇一八年一月十九日

大寒迎年

欢声逐塞动云韶，岁淹①边城锦旆撩。

寒气犹融飞露霰，晴阳已化捉风刀。

霞披秃木浮屠杲，彩染沙原拜寺娇。

竹焰升空明似昼，大寒入岁涌春潮。

二〇一八年一月二十日

①岁淹：一年将尽。李白《题东溪公幽居》："杜陵贤人清且廉，东溪卜筑岁将淹。"

今日又雪

雪飘千里漠云阴，银粟侵空树缀璘。

失态山峦峰影瘦，昏蒙旷宇絮花频。

高楼雾色浑如幕，夜月屏光幸似昕。

谁说严冬无好景，风雪妆素岁华新。

二〇一八年一月二十七日

立　春

小区人涌喇叭急，园苑风林沙鸟啼。

幽室数盆花争艳，高楼几户酒局迷。

层层暮霭封清影，朵朵彤云着彩霓。

未尽严冬犹景短，寒潮又送柳烟鼙。

二〇一八年一月二十七日

霜　冷

雪晴大漠紫云高，岁尾凤城市井嚣。

区院道微车绕影，苑园霜厚鸟争梢。

喇叭声吼风标静，垂柳枝摇银粟飘。

起向漠天舒倦眼，雪花妆素伴沉寥。

二〇一八年一月二十九日

月全食

超大银盘隐汉衢，寒烟滚滚敛蟾圻。

茫茫幕闭雕弓失，凛凛霜飞玉宇夷。

银汉雪晴天影亮，星河雾淡月晕迷。

若为此景还相聚，百五十年再约期。

二〇一八年一月三十一日

春　灌

春干草未生，地裂土扬风。

霾盛翻霜冷，田畴水汽蒸。

二〇一八年二月一日

湖城第三届秦腔节感怀

梅开秦韵满湖城，五大剧团几莅临。

净旦丑生争亮相，丝竹弦管奏韶音。

扎实功底颜值俊，齐整阵容程式新。

人去幕合音余绕，恰如春雷荡霄云。

二〇一八年二月二日

观兰州市戏曲剧院演出新编历史剧《于成龙》

廉吏勤民世所稀，如夷蹈险生死以^①。

力平通海榕城案^②，坚署圄牢倾酒卮。

秉笔上书除弊政，开衙纳乞散薪资。

行藏养拙^③褰帷举，百世流芳于老西。

二〇一八年二月四日

①生死以：出自春秋郑国大夫子产因改革赋税受人毁谤，但他却说："何害？
　苟利社稷，死生以之。"
②通海榕城案：于成龙为平三千榕城通海死囚冤案，投康王所好，博酒讨得复
　议令，致伤身体，抱病平狱案。
③养拙：安守本分。清林则徐《赴戍登程口占示家人》："谪居正是君恩厚，
　养拙刚于戍卒宜。"

银川大剧院观陕宁秦腔梅花奖得主
迎春演唱会

幕启秦声陇韵飘，梅花得主贺春宵。

秦川生角行腔美，西北坤伶亮嗓嘹。

程式契宜循吕律，舞姿蛮曼伴箫韶。

谁说塞上无节庆，贺岁秦声起狂飙。

二〇一八年二月十一日

春

春临百草生，茸绿露花封。

堤坝毿毿柳，折枝赠煦风。

二〇一八年二月十一日

赞横城冰雕节

迷宫垩景玉拼镶，宝塔玲珑素色藏。

如意云山银粟筑，可人风貌冰凌妆。

霓灯着雾悠悠冷，色柱传韵瑟瑟香。

篝火明空宵爽乐，欣逢好景眼球忙。

二〇一八年二月十四日

塞上冬

大漠风高夜气寒，飞霜催月斗惊迁。

朦胧人影街灯暗，杂乱尘声闾巷恬。

高速绕城频转径，浅湖布野几濒湾。

生涯莫可打发尽，好景来时仔细观。

二〇一八年二月六日

春　踪

岁初郊外漫行频，泼眼①晴岚塞上春。

霜复贺兰云霭淡，水侵畴亩雾霾浓。

旷原人往身攘攘，阔道车飞影重重。

渠畔垂杨风着绿，朔方处处见春踪。

二〇一八年二月二十日

①泼眼：纵目远望。清吴重光《晋祠杂咏八首·唐叔祠》："泼眼南郊翠霭浓，唐侯祠宇傍高峰。"

寻　景

飞霰泠泠裹瑞烟，徐徐朔气景犹残。

春临塘坝冰溶水，暮近楼台雾送寒。

午夜常时萦好梦，一年闲散付斑斓。

优游不逐寻幽趣，猎景郭郊独往还。

二〇一八年二月二十八日

春 忙

水态含春气显凉，风梳大地垄侵霜。

萧萧疏木青枝动，隐隐通衢冻土扬。

畴亩浚渠输冷水，坡塬拴草网沙墙。

贾商融冻天万里，总把辛勤著辉煌。

二〇一八年三月九日

照 影

春湖荡漾鱼凫翔，靓女踏青怡兴长。

遍体都着新扮束，清波照影影生香。

二〇一八年三月十日

春到宁夏（四首）

贺兰山

削峰多向汉雯穿，转壑回崖费越攀。

雾沁岩石生银粟，霜蒙峪口障寒烟。

朱楹碧瓦崇祠静，垩殿金泥古刹恬。

圪垯①尽收凌绝顶，透岚不见浩沙边。

北塔园

木绕烟岚阔水清，春风已化鉴湖冰。

园丁整苑梳芳景，旅客邀朋叙榭亭。

风暖百禽争碧树，水寒数鱼戏沙汀。

春梅作色添幽趣，细草香生口齿泠。

湖城园林

多丛青萼已开腊，几处红英早孕春。

水裂冰河翻砾渚，树发新叶耀风浔。

兴游入试航天艇，亮嗓加盟秦韵亭。

静随淑园生童趣，纸鸢腾越兔惊鹰。

塞上春

萧瑟寒林见碧桠，长河断壁映晴沙。

浸衣淑气携暾日，即兴好风伴落霞。

嘉树名花还尚早，豪情逸致已萌发。

穿云透雾待芳景，霖泽浮波遍浩涯。

二〇一八年三月二十五日

①圪垯：这里指敖包圪垯，贺兰山最高峰，位于贺兰山脉中部哈拉乌北沟底，
为宁夏和内蒙古的界峰。

小区月夜

身居闹市倚云阁，陌柳清寒浥碧波。

明月穿帘惊夜短，更阑犬吠鸟惊窠。

二〇一八年三月三十一日

葡　萄

萼架密垂紫绿琼，珠园光润味香浓。

风凉霜冷携秋熟，酿就龙涎品玉觥。

二〇一八年四月三日

赞悟珍红酒

忘忧①琼液悟珍红，惊艳湖城兰麝芬。

质粹色莹工艺正，料纯牌亮味醇醲。

华堂对酌人常醉，琼宴交杯客失魂。

佳酿延年能驻景，赚得塞上处处春。

二〇一八年四月三日

①忘忧：古代酒的美称。

街头女子晨练队

轻寒微散露光晞，倩女广场练晓曦。

摆动绿裙容色靓，甩圆红袖曼姿奇。

春风得意歌喉细，心窦昂扬鼙点弥。

舞美多为人共羡，几曾迷客忘尘机。

二〇一八年四月七日

塞上锦绣

淑景总因活水生，朔方多是水围城。

燕穿垄陌桃花雨，鱼戏石矶莲芷风。

东望秦关姿影峻，西衔丝路贸商增。

护沙林带层波泛，商埠榷场贺岁丰。

二〇一八年四月十五日

云　轨

春深丹卉又摇红，碧染沙洲又几重。

数道轨辙伸远径，铁龙瞬息入苍穹。

二〇一八年四月三十日

采枸杞

满院鸡声夜未央，农人刈稻汗飞忙。

小囡采杞接花露，葱手收得满篓香。

二〇一八年八月三十日

览山公园记胜

是日下午，小媳蒋君霞驾车领我们夫妇游银川览山公园。记云。

览山霜冷九华明，雨洗黄沙万木葱。

水绕青岚云霁秀，荆杂碧草日侵虹。

剧场复彩傍沙树，牌幌喧尘隔软红。

倘若不明澄鉴美，谁来斯地睹秋容。

二〇一八年九月十七日

游银川中国花博园四季馆

四季博园碧卉廛，雨林驻景珍木妍。

芭蕉绿玉纤枝瘦，象腿金唬肥叶斑①。

曲径虹桥石陌绕，流丹溪水鱼凫翻。

朔方又现南国景，欣赖和风及物还。

二〇一八年九月二十七日

①绿玉、象腿、金唬：均属园内展出的热带珍稀树种名。

观银川中国花博园菊展

寻胜花博兴未央，卉园搜景正菊黄。

丹葩①似为游人醉，馥郁香浓靓艳妆。

二〇一八年九月二十七日

①丹葩：红花。唐王勃《怀仙》："紫泉漱珠液，玄岩列丹葩。"

冬　至

月冷风凉影婆娑，严冬塞上未飘雪。

最愁岁尾无长景，冬至骤来朔气多。

二〇一八年十二月二十二日

游三沙源

日敛云霾绿野宽，秋风又染碧沙源。

典农水浸两岸柳，庆典①霜侵半堰莲。

浴日精庐②书韵朗，怡情塘坝鱼凫穿。

胜迹应贪凭临赏，秋色秋声满目翻。

二〇一八年九月二十五日

①典农、庆典：指典农河、庆典湖。
②精庐：指读书的场所、学校。

湖城戊戌年秦腔节

舞台装扮景千般，粉墨登场庆上元。

去恶来奸形不定，浊泾清渭世情谙。

春秋侠义风标①现，秦陇优伶娇态憨。

教化高台欢寓娱，大年谐趣夜阑珊。

二〇一九年一月二十日

①风标：风度，品格。唐白居易《题王处士郊居》："寒松纵老风标在，野鹤
虽饥饮啄闲。"

头　雪

岁末头场雪，风急树摆柯。

絮花侵目冷，春影隐雪窠。

二○一九年一月二十六日

大　寒

大寒去后又一年，日色晴和阳律①还。

秃木栖禽窥短景，冰塘宿雾泛青岚。

握杯斟酒调雪径，把盏携壶挽杖竿。

叙谊常怀耄耋友，啸风驰目逸兴添。

二○一九年一月二十九日

①阳律：指阳气。唐蒋防《春风扇微和》："幸当阳律候，惟愿及佳辰。"

晓窗梅

惯把插花布案几，似闻馥郁沁心脾。

正愁岁底无长物，忽讶晓窗梅数枝。

二〇一九年二月一日

除夕夜

一面荧屏尽夜阑，万家聚宴旧曾谙。

莫辞斗酒深宵醉，漫供辛盘品绮筵。

旧雨[①]久同鸡肋味，风期[②]空负剪烛欢。

清茗浮影乐初度[③]，焰火腾空庆大年。

二〇一九年二月四日

①旧雨：比喻老朋友。杜甫《秋述》："常时车马之客，旧，雨来；今，雨不
　来。"后因以"旧雨"代指老朋友，"今雨"代指新朋友。
②风期：犹友谊、情谊。唐骆宾王《夏日游德州赠高四》诗序："倾意气于一
　言，缔风期于千祀。"
③初度：原意是庆寿。此意为增寿。

春 讯

元宵头上气寒凝，卧后烟花漫野鸣。

楼下人车频涌动，小年未尽又春兴。

二〇一九年二月四日

荧屏温梦

暮年心事几萦烦，温梦时从屏幕看。

趣事几多驹隙过，宿窗月冷梦难忺。

二〇一九年二月九日

赞老年舞者

街舞耄龄负盛名，博来过客交口称。

素洁裙袄争暝色，清越竹丝斗嚣声。

剑点多疑星陨雨，扇花迅扫虎呼风。

矫捷躯体拍声转，兴至心欢气擢升。

二〇一九年二月二十日

湖城春早

剪取春枝缀凤城，淡黄高染景盈升。

长街频洒青阳露，浅巷微拂乱木风。

投彩朝暾罗绮叠，敷冥烟月秀岚呈。

升平有象君看取，处处沙原课早耕。

二〇一九年三月二日

溜　达

荧屏看罢月波稀，遛犬春园朔气弥。

树影婆娑风叶响，栖禽惊恐不成啼[①]。

二〇一九年三月二十三日

[①]"栖禽"句：引唐白居易《天津桥》"报道前驱少呼喝，恐惊黄鸟不成啼"意。

海宝公园即景（二首）

其一

公园谁与共朝昏，乍暖悄寒朔气增。

孕蕊桃花千朵梦，浮岚柳絮万株盟。

湖开戏鱼游冰水，沙滑惊禽遁草风。

唯恐春声离去早，裁得淑景网屏封。

其二

曲槛通幽小径斜，一弯绿水绕人家。

拱桥跨渡晴天雨，航艇泗江泛浮槎。

花影侵衣濒细浪，林光入兴伴流霞。

眼中景致昔时梦，拂面芳尘不须呀。

二〇一九年三月三十一日、四月六日

秋日登六盘山纪念亭

云路傍巉岩，青林布碧峦。

削峰晴霭绕，暗壑瀑流悬。

碑忆长征路，旗飘汉代关。

石级缘鹿迹，入馆览宏篇。

二〇一九年八月十四日

塞上秋实

松瘦石寒气渐凉，村桥沙树又逢霜。

金风着色果蔬熟，秋气浮香稔稼黄。

耕种科学翻壮景，承包联产贮资粮。

农机收碾成套路，总把辛劳筑小康。

二〇一九年九月七日

宝湖公园即景（二首）

记小儿媳蒋君霞领我们夫妇及小孙澍澍游宝湖公园。

其一

缘塞巢湖依旧因，波光荡漾映城堙。

岸环木樾危楼静，桥聚鸥禽曲坝循。

旷宇秋来云色净，浅滩风起水波潾。

画船游艇苇丛没，此处应携宾友临。

其二

秋园踱步秀林深，细草幽篁沙径横。

晓雾晴开千缕彩，暮岚薄漫几丝风。

浅鸭浮水漪纹见，小艇扬波棹浪蒙。

古寺霄空传馨鼓，呗音佛乐偕晨笙。

二〇一九年九月二十六日

参观第四届中阿论坛会址感赋

其一

峣峣标塔宕云霄，彩柱传灯光影摇。

商贸广廛形态健，论坛华厦伟仪豪。

四洋开泰星辰满，万域联辉日月高。

自信民族风骨壮，中阿共进在今朝。

其二

中阿商会莅银开，日月星辰河汉排。

坦道曲栏傍水转，地标塔影倚云栽。

政宽互助连广宇，邻睦自强遍九垓。

丝路商机连万里，中阿携手上高台。

二〇一九年十月四日

花博园赏菊

天寒气冷日渐凉，博苑菊黄亮艳妆。

万蕾绽苞风转蝶，千株摇翠日招蜇。

披篱叶脉滚珠露，舒蕊丹葩蓄霰霜。

衣袖频携菊畦雨，待归冽鼻履辙香。

二〇一九年十月四日

银平道（二首）

其一

天阴霜冷木萧萧，草冷风寒去路遥。

逆水惊耳闻瀑浪，通衢入眼试风刀。

名垣渭郡雄风啸，古刹崆峒梵呗嘹。

张目接云云不动，霞光透霭耀林梢。

其二

伴风携雾路迢迢，几孔风窗伴寂寥。

矗野吊机云影瘦，冲寒转斗叶片娆。

移民壮举功勋著，扬水经纶决策高。

更有惊心高韵事，帆船冲浪影湮桥。

二〇一九年十月二十六日

黄　河

黄河咆哮转群山，砆壁回崖万壑寒。

泾渭流合清罅水，甘宁波映好山川。

瀑惊壶口喧聩语，浪撼华中跃紫烟。

横黛萦青齐鲁地，泱泱大水可滋田。

二〇一九年十月三十一日

滚钟口述古

壑口稠云断复流，憨石作态点浮沤^①。

青枝结夏丘包秀，秋叶傲霜砾径幽。

月冷密林喧燕雀，风凉离殿掩霞旒。

翠华^②想象尘埃瘗，叠垒应藏别苑楼。

二〇一九年十一月十九日

①浮沤：浮在水面的气泡。此喻布在滚钟口的大小圆形石块。唐李远《题僧院》："百年如过鸟，万事尽浮沤。"

②翠华：皇帝仪仗中一种旗杆顶上饰有翠鸟羽毛的旗。唐杜甫《咏怀古迹》其四："翠华想象空山里，玉殿虚无野寺中。"此指西夏离宫。

游　目

莽荡^①寒风送朔阴，霰飞塞上霭霜凝。

转悠郊外溜闲足，倦鸟乔林扑叶惊。

二○一九年十一月一日

---

①莽荡：浩浩荡荡。清张铨题泰山无字碑诗："莽荡天风万里吹，玉函金检至
今疑。"

银川平原水沛

黄河萦套势流平，利泽流分褐色粼。

渠口瀑泓疏凤尾，唐徕湍浪跃龙鳞。

浩波蓄露能谋雨，灵液护田可养民。

观水有方身忘利，此无潜规释艰辛。

二○一九年十一月二十二日

塞上嘉祥

风下雪泥月下霜，新寒凛凛岁头忙。

农机突突耕清梦，政策深深筑小康。

商贾俊贤呈睿智，产能网络谱华章。

神州处处民作主，大业共兴呈嘉祥。

二〇二一年三月二十日

塞上喜得春雨

一场春雨浥轻尘，沙暴遁形涤霭踪。

草色初芽犹细嫩，梅枝孕蕾已微红。

冻犁早备谋春稼，涸坝待修蓄泽泓。

寒雨如酥翘首盼，农人春意满胸中。

二〇二一年三月二十日

冬日郊游

霜晨缟素清游目，弦月移西晓日投。

萧寂湖田冰水漫，飘忽云鸢朔风柔。

片片沙树诗材满，处处溪山画料优。

自诩集成山海景，觉来塞上景清幽。

二〇二三年十二月九日

癸卯年塞上头雪

寒潮奔袭漠云低，街巷人稀银粟①飞。

稠雾厚霾晴霭漫，疏林旷宇冷风摧。

雪飘太虚云暗暗，气滤人间福绥绥。

乾坤愿得常净化，剔除污淖褰褰帷②。

二〇二三年十二月十三日

①银粟：喻雪花。宋杨万里《雪冻未解散策郡圃》："独往独来银粟地，一行
一步玉沙声。"
②褰（qiān）帷：撩起帷幔。东汉时贾琮为冀州刺史，为便于远视广听，纠察
美恶，乘车时褰帷以行。后以"褰帷"为廉政亲民之典。

大地吟草

麦积山

霜满风林嵋嶂①寒，春藏梵壁蔚奇观。

林葳草茂云磴峻，龛古崖倾窟槛悬。

千洞佛陀通炯识，独崖禅觌悟偈诠。

世尊宏复天工景，信是南无化境还。

二〇一五年七月八日

①嵋嶂：山高险貌。李白《泰山吟》："北眺嵋嶂奇，倾崖向东摧。"

三苏祠感赋（二首）

其一

奎宿①祠庐夏景深，幽篁摇曳百花馨。

劲松穿日息轩②秀，湍瀑飞珠精舍③新。

端踞文翁恭谒瞻，循行洙泗④仰虔钦。

丰仪想象清名盛，追远常聆胶序⑤音。

其二

雪泥鸿爪⑥遍追寻，问道执经不计程。

承绪文坛丰著述，恭箴教化荐文声。

多呈谏言除痼政，屡达睿思秉夙诚。

宦海生涯遭屡贬，竹丝诗酒伴高风。

二〇一五年七月二十日

①奎宿：苏东坡被时人称作"奎宿星"。乾隆进士李琦《载酒堂歌》中有"天上奎宿人间谪，海南真乡聊寄迹"句。

②息轩：苏东坡居儋州休息之所。此指苏祠院厢房。

③精舍：佛教修行者的住处。此指三苏奉佛居处。清高咏《过群儿犰庵伤独公》："山根精舍接峻嶒，三载伤心两度登。"

④洙泗：洙水和泗水。春秋时属鲁国地。孔子曾在洙泗两地之间聚徒讲学。后因以"洙泗"代称孔子及儒家。此处借指苏轼及其文学成就。

⑤胶序：学校。

⑥雪泥鸿爪：苏东坡《和子由渑池怀旧》："人生到处知何似，应似飞鸿踏雪泥。泥上偶然留指爪，鸿飞那复计东西。"后以"雪泥鸿爪"比喻往事遗留的痕迹。

乐山大佛

三水汇江泾渭融，湍流巨涡吞艨艟。

女皇诏凿偃江圣，佛祖危跌断壁穹。

朝卷宿岚金浪涌，暮接晴雨碧涛汹。

风光变幻谁能主，付与禅心慰赤诚。

二〇一五年七月二十二日

重庆印象

夜月凉生稠雾翻，天门两水共朝餐。

晓开雾市千重浪，暮复山城万里烟。

老巷闾阖高木隐，新区榷肆仄石环。

金风送彩歌乐地，涛卷青松涌碧岚。

二〇一五年七月二十二日

瞻重庆千佛洞

雾幻青峦月色收，穹崖龛古洞深幽。

禅尊趺坐姿仪曼，护法傍岩慧眼柔。

迅悟涅槃欣达路，立消块垒笑公侯。

脱尘何虑身趋老，宏复揖祈击磬讴。

二〇一五年七月二十二日

咏赛里木湖（三首）

其一

赛里平湖玉宇齐，车徊百转陟云蹊。

漾光杉木千山翠，泼彩灵湫独水鹥。

驼马几经寻沃草，毡包始定伴清溪。

阵风过后金漪泛，疑是瑶仙弄丽玑。

其二

果子沟深碧浪涌，丹崖茂草绿涛弥。

风磨宝镜波难兴，树裹峣峰雨脚低。

稠雾团团迷水影，憨羔挤挤戏云霓。

游人恋景归途晚，草甸毡包带月栖。

其三

宝镜镶嵌雪嶨巅，平湖渺渺水涟涟。

白云背负蓝天面，银汉低垂碧堰间。

草茂湖坡驰野马，水升巘崦映银幡。

游人向晚拍风影，又挂飞虹几架山。

二〇一五年九月二日

南宁国际饭店

蟾殿旋轩四望通，水乡风貌汉唐风。

镇南雄隘千山耸，北海阔湖独水横。

日丽江花红似火，月溶海浪绚如枫。

壮乡览胜物长好，醉滞八方客旅朋。

二〇一五年七月二十五日

携拙荆随书画家陈继鸣先生参观平谷秦长城

险巅延障御胡军，故垒凌空匹崿岑。

忽隐忽衔秦垤冷，时明时暗汉厥阴。

火燃警燧惊强虏，风洌危垣苦庶民。

明月关山同此梦，春花绕彻绿苔侵。

二〇一六年五月十二日

与晓鹿友谒杜甫草堂

灯迷琪树景斑斓，曲径瑛繁碧露丹。

平馆衔杯诗里画，灞桥折柳泪丝斑。

荣华物外人情淡，老病怀中世味谙。

诗圣请缨民瘁意，秋风茅屋颂遗篇。

二〇一六年六月二十日

草堂行

草堂云霭霭，阔院月迟迟。

径晦潇湘雨，池扬沅芷飔。

青松千尺茂，恶竹万枝澌^①。

沙鸟^②归何处，沉寥孤雁啼。

二〇一六年八月二十日

---

① "青松"两句：援引唐杜甫《将赴成都草堂途中有作，先寄严郑公五首》"新松恨不高千尺，恶竹应须斩万竿"意。

② 沙鸟：沙鸥。杜甫即景自况，用以自喻。唐杜甫《旅夜书怀》："飘飘何所似，天地一沙鸥。"

少林寺

巍巍禅院隐云深，千载崇祠柏影森。

塔院井廊林樾秀，巅崖洞窟^①落照昏。

修行面壁空空理，参悟禅机默默人。

武馆传习少林术，嚣尘划破一指功。

二〇一六年八月七日

①巅崖洞窟：指少室山崖壁达摩面壁修行处。

桂林七星岩溶洞

垂石狭洞景幽深，影幻礁岩猛象惊。

道折洞长垂钟乳，壁弯路转浸沟泾。

湍湍伏水从光变，缓缓明流绕渚鸣。

彻骨清凉谲异府，严冬似在洞中萦。

二〇一七年八月十二日

咏须弥山石窟

天影尽时①盘崿巉，晋唐禅窟尚依然。

危崖凿像聆箴语，仄壁雕龛揖涅槃。

像瘗荒荆伤往事，额残潓匦忆斯年。

层峦丛木惊秋早，草叶飘霜冷洞天。

二〇一七年九月十日

①天影尽时：指视线的极限。清赵国华《日观峰》："天影尽时盘大漠，海门
　红处想扶桑。"

赴太原

　　二〇一七年九月下旬，小女王怡领我们夫妇游览了山西、新
疆、甘肃等地部分名胜。行色匆匆，草草记下所经见闻。

日丽风凉赴太原，扶摇直上九重天。

千层云絮翻波浪，万里风尘裹素烟。

长水游蛇形莽莽，高峦掠影势绵绵。

半空摄取千般景，奇绝幻图尽猎还。

二〇一七年九月二十日

游晋祠（二首）

其一

偎扆①悬瓷丽阁挎，萧寺浮岚活水湉。

释道儒说开教化，文玩山水匹林帆。

齐年②柯茂苍岩耸，难老③伏流碧浪翻。

自悟侧肩翁妪语，崇祠未睹不太原。

其二

龙山玩翠晋祠中，细水浮花落照昏。

难老清泓伏地浅，齐年古柏入云深。

千人窥识王乔貌，万物通融圣母神。

金母御池洗龙驭，潭边又遇弄琴人。

二〇一七年九月二十一日

①扆（yǐ）：门窗之间画有斧形的屏风。
②齐年：指齐年松，晋祠古松，传为周朝所植。
③难老：难老泉，晋祠名泉。

咏太谷（三首）

其一

透窗窥尽晋中川，一马平川远太原。

槐树摇花香一路，柳枝扬絮遮几帘。

参差古镇多楼馆，远近褐畴尽水田。

带浆携壶游兴足，延时再偷老童闲。

其二

燕赵紫塞驭风奔，转岭悬崖万里岑。

白塔扶云探昊汉，铁龙凭日揽河汾。

云傍危宇楼阁峻，车拽长虹浪嚣臻。

我欲联辉金谷①路，浓荫几借扰秋氛。

其三

是处曾经富贾商，林林旧铺并商场。

曾经埠码依深水，目下畴田绕翠冈。

几世遗存经苦雨，十方买卖凛秋霜。

车来人往财源茂，璀璨珍奇金谷藏。

二〇一七年九月二十二日至二十三日

---

①金谷：因为富庶，旧时人们习惯把太谷称为金谷。

平遥古城

古城镶在太汾间，沐雨栉风已有年。

阡陌巷街彰市井，商场寺庙隐禾田。

文明渺远明清壮，堞燧横空城堡连。

泮馆书窗传儒教，镖局署衙律规金。

二〇一七年九月二十三日

三多堂博物馆①

木叶惊秋遍大荒，三多凝萃自八方。

瑞岚绕院层阴秀，紫气侵屋百卉香。

丝路火车头颈进，屏风寿壁柜橱藏。

《清明》②摹本蓝瑛绘，翡翠菱花可鉴光。

二〇一七年九月二十三日

①三多堂博物馆：位于山西晋中市太谷区西南，为省级重点文物保护单位。馆
　内所藏金火车头钟、百寿大屏风和翡翠羽毛镜等，堪称绝世珍品。
②《清明》：《清明上河图》。

游祁家大院

广筹银帑建厅堂，玉宇琼楼矗大荒。

雕栋飞檐琼榭秀，描漆立柱玉栏长。

英繁露冷封鸥邸，蕙馥风凉浥瓦霜。

漫道风烟来汾太，总从勤俭著辉煌。

二〇一七年九月二十三日

太谷白塔

太谷城垠翠色浓，千年白塔影重重。

峰尖尊胜金光亮，壁体浮雕垩①色雄。

八面台阁龛座瘦，七层廊柱斗檐宏。

唐宋浮屠由空变，宕日凌霄叹世工。

二〇一七年九月二十四日

①垩：白垩，一种粉刷墙壁等用的白土。

太谷晋商医药博物馆

皇家医府乔氏城，紫诰荣封旌匾呈。

男子寿增龟散膏，女人颜焕定坤羹。

广收材药精研细，百验医方痊愈升。

票号钱庄敦世本，汇来玉宇褒旌声。

二〇一七年九月二十四日

太谷孔祥熙故居

远观宏府绿杨环，公馆还思百载闲。

金阙陌连通井院，玉堂树绕隐松轩。

榭衔夕日云霓暗，池映秋云蟾月悬。

三馆文玩能敌国，凄凉孔第露霜残。

二〇一七年九月二十四日

初到五台山（二首）

其一

车绕峰峦万仞环，紫云黄叶伴尘翻。

七级宝塔明宫院，数座华楼隐呗坛。

响磬风铃传梵语，髯松雨露悟涅槃。

山门未入僧拦道，屡索布施客愕然。

其二

云飞霞散落伽琉，宏塔峣峣禅院幽。

寺崖远离尘嚣扰，山门危踞雾峦陬。

幡浮梵语清三界，磬叩佛乐盛九秋。

黄卷青灯催暮鼓，林荫半掩日轮投。

二〇一七年九月二十六日

五台山大华严寺阁院大白塔①

肃穆禅院宇阁森，日丽浮屠垩色明。

八角台身聆呗乐，十三经简释玄铭。

穿岚悟执窥佛化，破雾明心见性灵。

槃筒风磨南无语，经轮转动梵音萦。

二〇一七年九月二十五日

①大白塔：全名"释迦文佛真身舍利塔"，是五台山的一大标志。

五台山道中

晋北秋熟气渐寒，汾太风烟入眼帘。

细水浮花坡谷秀，幽云含雨风树斑。

峰高路仄翻霜冷，岭叠弯急断霭残。

未睹禅林缥缈貌，已闻钟磬绕危巅。

二〇一七年九月二十六日

五台山菩萨顶

浥露风寒灵鹫山，匍身参拜意肃然。

殿堂建制彰广宇，黄卷贝经誉浩寰。

信徒空门勤悃吏①，虔皇禅殿供额旃。

天香想象威灵在，挂塔韦驮招宿缘。

二〇一七年九月二十六日

①本句指清代曾派官吏守卫五台山寺院。

五台山大慈延寿宝塔

大慈延寿露霜寒，歇顶觚棱①宕日帆。

说教世尊慈目度，诵经僧众穆肃参。

丹楹碧瓦檀香转，崇殿金泥古岁添。

木叶惊风闻鱼呗，寺中箫鼓自年年。

二〇一七年九月二十六日

①觚棱：宫阙上转角处的瓦脊。

五台山灵峰胜境寺

灵祠峰影景清幽，香客追攀几逗留。

古刹偎峦螺髻挽，清溪旁壁雾岚流。

风输钟磬催僧呗，日投禅堂供鱼讴。

黎庶佛门多信众，香烟四季享炉稠。

二〇一七年九月二十六日

咏五台山古刹

古刹峣峣倚碧霄，落霞漠漠景妖娆。

天香缥缈闻清呗，宫殿参差见磬铙。

蔽日青杨拂垩塔，出墙寒卉耀冥韶。

晓霏方丈初禅定，钟鼓佛乐自翛翛[1]。

二〇一七年九月二十六日

---

[1]翛翛（xiāo xiāo）：拟声词，风雨声、草木摇落声等。明萧协中《历代泰山诗选》中《一天门》有"自是登仙无委巷，野袍仙屐任翛翛"句。

五台镇返太原道中（二首）

其一

五台西去归远峰，霜雁南翔浴稼风。

先烈鏖兵征战地，江山焕彩息狼烽。

参差商厦苍峦耸，错落干龙地貌升。

信是妖娆三宝地，快车高速晋阳城。

其二

崇山危塞凛秋氛，薄霭平穿万谷风。

熟稼连云香满地，秋林缀岭蔽峣峰。

村连矿舍林衢绕，市隐区乡风斗①横。

游目旷怀闲驻足，华楼寓馆客频增。

二〇一七年九月二十七日

①风斗：发电风车。

查布查尔锡伯族驻地

傍岸锡伯劈畴田，穿绿夹黄满目斑。

清水河床林绕带，砬坡堰坝草蒙滩。

横江白鸟翻天际，击浪青鸽避雨檐。

巨匠万般妆淑景，祥和边塞浥清妍。

二〇一七年九月三十日

伊犁市郊

还在五台道中时，兄长从新疆来电约我们去伊犁。当下小女王怡购了机票。次日我们一行三人飞往乌鲁木齐，当晚到了伊犁。遂记之。

渐入弓城①雨露赊，离巢徒雁逐秋波。

道旁红果悬青树，山畔羊群卧碧坡。

客挟飙车商贸速，幌催广告招鋆多。

参差楼馆连云秀，边市风光敷锦罗。

二〇一七年九月三十日

①弓城：伊犁的古称。

伊犁秋韵

翠色深浮闾巷廛，青岚复叠水生烟。

物流滚滚来边域，楼馆亭亭矗日边。

韵满锦城风露润，情出伊犁冷云妍。

湖光潋滟侵虹影，火树银花不夜天。

二〇一七年九月三十日

伊犁河

伊丽①出山入远峡，溉滋稼穑涤金沙。

岸长但见白鸽舞，谷浅时飞黑野鸭。

嘘雾壑填风树茂，流云岩绕界江斜。

自思边塞风光异，伴兴疾车雨似麻。

二〇一七年九月三十日

①伊丽：伊犁河古称亦列水、伊丽水。

参观中国历史博物馆第四分馆，
为锡伯族①迁徙点赞

嘎仙岩洞露霜残，疲足鲜卑伊犁迁。

科布草原风露冷，喀拉合罐更宵寒。

三千饿殍无生计，万里悲风满塞天。

屯垦蛮荒边域地，卡伦②戍卒自年年。

二〇一七年九月三十日

①锡伯族：古鲜卑族后裔。其先祖东汉以前在大兴安岭北段以嘎仙洞为中心的
地带活动，后迁居今内蒙古自治区呼伦贝尔和东北松花江、嫩江一带。17世
纪末起陆续被清政府编入八旗。1764年，清政府由盛京（今沈阳）征调锡伯
官兵及家属三千余人前往新疆伊犁河南岸驻防，统称"锡伯营"。
②卡伦：原指清代的一种防御、管理措施。这里代指哨所。

参观伊宁市锡伯族博物馆感赋（二首）

其一

黑水长山垲，鲜卑徙九垓。

奔命疲紫塞，涉足惊羸骸。

万里开边亩，千夫拓棘莱。

包容枌榆①意，棣萼②梓乡怀。

其二

贵聚桑麻利，勤屯创业财。

诸行欣衎待，万事妥安排。

驭马巡疆漠，勠力灭寇灾。

宏图彰奕世，耿耿戍边才。

二〇一七年九月三十日

①枌榆：乡名。汉高祖刘邦的故乡。后作为故乡的代称。《南齐书·沈文季传》："惟桑与梓，必恭敬业。岂如明府亡国失土，不识枌榆。"
②棣萼：比喻兄弟。语出《诗经·小雅·棠棣》："堂棣之华，鄂不韡韡。凡今之人，莫如兄弟。"唐杜甫《至后》："梅花欲开不自觉，棣萼一别永相望。"

伊犁市郊

城堙游目绿绮横，秋稼连片翠色重。

浅雾升腾潇潇雨，轻寒弥漫淡淡风。

平桥坝馆山峦耸，远渚沙岸水脉增。

边塞祥和商厦聚，袖怀摄景旅情丰。

二〇一七年九月三十日

参观伊犁林则徐纪念馆

良弼忧怀系社稷，岂因祸福避趋之。

前途未省思黎庶，世事安能攘夷师。

边塞司炎①勘坎水，弓城使宪②吊民咨。

国人慧眼识英士，光世襄帷雨露施。

二〇一七年十月一日

①司炎：烈日。
②使宪：使臣。元字术鲁翀《晋祠三首》其三："司炎政虐连云稼，使宪情深
望雨农。"

乌鲁木齐市郊一瞥

乌市憨云①聚影稠，风轮布道击狂飑。

参差厂舍青林堠，远近楼台绿萼洲。

西域张侯②浑不识，竹枝③丝路应常讴。

贾商心惬催迟暮，孤月团团④伴素秋。

二〇一七年十月一日

①憨云：滞留不动的积云。清傅山《朝阳洞》："回风舞不散憨云，下上芦花麦陇湮。"
②张侯：西汉张骞。
③竹枝：亦称"竹枝词"。本巴渝（今重庆）一带歌。唐诗人刘禹锡任夔州刺史时，根据民歌改作新词，歌咏三峡风光和男女恋情，盛少于世。此后各代诗人写《竹枝》者颇多。形式均为七言绝句，语言通俗，音调轻快。
④团团：即圆圆。清朱彝尊《送吴漢入太原》："马头不改团团月，绝壁韩诗拂藓看。"

乌鲁木齐雅士道口

雅士云衢迥，荐兴大漠来。

楼台衔汉瘦，道口踞城开。

寒草知节变，芳尘随气排。

兀然云塔影，信是望乡台。

二〇一七年十月一日

乌鲁木齐人民公园记胜

菊苑霜横露草雍，夕阳衔紫月朦胧。

岚岗塔影悬淞雾，莫水愁湖①涌彩泓。

暖陌石衢苔径古，寒林塸垒木阴浓。

移形游目堪赞赏，太白危雕吊骚魂。

二○一七年十月二日

①莫水愁湖：莫愁湖。

过嘉峪关

铁龙穿谷暗，紫塞踞雄垣。

行署围中轴，瓮城匝一圈。

形巍衔险境，地胜护良田。

千古垤堞峻，胡杨醉客颜。

二○一七年十月三日

中秋夜，酒泉人民公园即景

蟾月光微宿雾滋，驱车郁苑凛凉飔。

勒石澧漫认碑记，左柳①歪脖睹老枝。

浸润霜花军坎井②，浮香风絮庙祠鸥。

寻思明日东归路，园月溶溶自觉痴。

二〇一七年十月四日

①左柳：酒泉人民公园有多株左公柳，枝繁叶茂，郁郁葱葱。
②军坎井：西汉霍去病因军功封骠骑将军。酒泉人民公园传说有其掘的军井，
　供将士饮水用。

酒泉人民公园寄兴

肃州园苑旧曾谙，记取胜游三十年。

灿灿文昌出俊秀，熙熙庠馆培襄官。

骠姚军井清泓浅，左柳柯枝绿叶毿。

朔气早寒秋色迥，胡林万亩凛风帆。

二〇一七年十月四日

河西走廊见闻

祁连嵧嶂莽苍苍，驼队踯躅雁几行。

雾树霾花风后艳，禾芪苞米露中黄。

峣峣烽燧飞霜满，漠漠垤堞草木荒。

情觉景寒生态异，申时未至砬尘扬。

二〇一七年十月五日

瞻杜甫草堂

叠翠密浮草舍葑①，一片碧绿半园风。

烟含雨露霜林茂，水溅玑珠浪萼增。

花泪飘飞春三月，怆情激奋宵五更。

沙鸥与子依何所，诗圣苦吟似有声。

二〇一七年十一月八日

①葑：古书上指芜菁。

泾川王母宫

王母宫闱隐绝崖，朝迎雾霭暮接霞。

客流车队瞬间过，穆王何时再拈花？

二〇一七年十一月二十日

泾川温泉

汤泉①涌碧泓，数九无严冬。

沐浴除痼疾，清疗脉象通。

二〇一七年十一月三十日

①汤泉：温泉的俗称。

参观上海城市历史发展陈列室

小女王怡领我们夫妇去苏杭等地旅游。记下其时其况观感。

怵目图标述劫难，流连壁柜几心寒。

洋场十里迷金醉，棚户一片饿殍煎。

贪婪美欧奢欲盛，积贫申沪乞存艰。

清幽秀丽浦江地，曾是列强不夜天。

二〇一八年四月二十日

晚上看周庄水韵演出

湖作剧场舟艇横，情传水韵乐节铿。

风吹帆影频频现，火窜吴歌处处听。

罗绮丛中红袖舞，竹丝管里课农耕。

萧萧暮雨吴歌曲①，声像光浮夜色丰。

二〇一八年四月二十日

①此句翻用白居易《寄殷协律》诗"吴娘暮雨萧萧曲"意。

黄浦江岸即景

东江^①流缓水声声，泊口通衢棹舣横。

缕缕江花什色动，粼粼浪影日光生。

钟传海港迎商旅，珠亮东方^②耀沪城。

纵目凤楼观阔市，松江飞越水云蒸。

二〇一八年四月二十日

①东江：黄浦江古称。
②珠亮东方：上海地标建筑东方明珠塔。

苏州拙政园

宛自天开^①秀色佳，风梳绿萼雾迷花。

山依翠巘输瑶水，光随清流泛汉槎。

红袖断桥招仙使，绮罗澄鉴浣琼纱。

烟霞自足乐清赏，如是^②扶栏眉黛斜。

二〇一八年四月二十日

①宛自天开：出自明计成《园冶》。
②如是：柳如是，明末清初女诗人。钱谦益之妾。

周庄游记

花悦风迎访渔乡，蚬湖浪静水茫茫。

古桥窄巷深渠绕，长水曲岸矮槛镶。

沈院①雕梁无宿燕，榷场华馆满行商。

唯怜别去今难忘，灯火万家夜市忙。

二〇一八年四月二十日

①沈院：沈万三宅院。沈万三以海外贸易致富，富可敌国。曾助筑应天城，又
　请犒军，后被朱元璋抄家流放，客死异乡。

定园谒明诚意伯刘伯温墓

曲径旁沼绿水涟，雾接松髯碧霞丹。

亭亭锦榭和坡绕，仄仄灵石夹卉旋。

儒冠丘墦晴霭满，幢襄寿盖表旌添。

维殷睿哲①彰千古，天半悲风号圹幡。

二〇一八年四月二十日

①维殷睿哲：深邃广大的智慧。清高咏《先圣庙稚兵歌诗》："阏伯之邱，睿
　哲维殷。"

胥门^①码头即兴

渡口江平泊水湲，邮轮画舫任驰还。

八门通汇分泓涌，一塔接岚转日悬。

风冷码头惊胥浪，月寒断桥疲蛇孱。

浮天密翠春方好，吴娘十二技艺传^②。

二〇一八年四月二十日

①胥门：位于苏州古城西。相传伍子胥被吴王夫差杀害后，头悬挂于此城门。后
　人命名此处为胥门，此江涛称胥涛。
②历来苏州女子都学有一门技艺，总括为十二门类。如蚕娘、绣娘等。

寒山寺^①即景

六朝禅院蔚奇观，梁帝祠坛已有年。

桥度风铃闻呗冷，月溶夜泊觉漪寒。

二僧化境勒铭记，一壁悬尘镶隽斿。

唐式宏阁千古矗，张侯^②佳句惊世传。

①寒山寺：佛教寺院。始建于六朝梁代。相传唐代高僧寒山、拾得曾居此。寺
　内有清代罗聘、郑文淖所绘二僧画像和后人的题碑。寒山寺照壁有"古寒山
　寺"匾额。
②张侯：唐诗人张继。写有《枫桥夜泊》诗。

苏州河泛舟

碧波滟滟濯凉飔，风度江花晓日迟。

复道垂杨拂茂草，数冈繁卉绽琼枝。

舣舟画舫浮漪浪，幔帐旌旗映凸厄。

春尽绿莎情觉好，胥涛①靖海水犀②粢③。

二〇一八年四月二十二日

①胥涛：苏州河胥门码头江水。为纪念伍子胥命名。
②水犀：披水犀甲的水军。这里指春秋时吴国军队。
③粢：祭祀的谷物。

苏杭高铁览胜

春逝红稀碧满原，雨滋叶嫩绿涟涟。

涵桥转孔接青野，高铁缩轨旁垩廛。

馆倚溟楼接地气，树凭蛛网荡霓烟。

游人每觉江南好，才下机车又泛船。

二〇一八年四月二十三日

杭州印象

猛雨轻程涤霭尘，动车捷足会稽城。

钱塘拥浪波涛吼，灵隐携湖偈呗闻。

占鳌梁园①食斋聚，御街绿绮当垆②逢。

名园胜景传清韵，听彻夜阑昆乐声。

二〇一八年四月二十三日

①梁园：又称梁苑。位于河南省商丘市睢阳区。中国古代园林之一。为西汉梁
　孝王刘武所建。
②当垆：用汉卓文君与司马相如当垆卖酒典。

西湖杂咏（十首）

西湖揽胜

余杭吴越地钟灵，琪树霾花淑景明。

葛岭烟飘浮萧寺，荷堤浪敛见兰亭。

跨江彩练晴飞雨，濒水密林夜宿莺。

珍重平湖想往意，春芜叠翠缀琼瑛。

西湖凝碧

叠翠湖光水碧粼，风磨镜面浪漪平。

花发孤岭迷高木，草茂葛山戏丽莺。

画舫梳风青霭浸，湿云含雨碧林侵。

浣纱莲娃藕香醉，绿柳荫边煮馥茗。

西湖玩翠

烟开荷荡柳堤长，水浸风廊木樾苍。

画舫虹桥浮碧浪，滨湖晴雨浥青芳。

曲哼昆语丝弦细，泉涌浙腔①色柱香。

泼彩绿芜凭谁赏，水光天色共一妆。

西湖春韵

翠甸澄湖丽景催，青篱陌道柳低回。

疏林逃热观蝶戏，茂草藏春羡鹛飞。

曲啭闽腔红袖舞，乐和昆曲柳眉绥。

抱湖翠钿云衔水，朗镜清波携月归。

西湖问茶

烟雨涵桥水浸侵，阔岸叠巘霁岚阴。

路抄茶苑花枝兴，水裹茗园练瀑惊。

灵隐钟声林樾迥，平湖秋月水纹循。

苏堤玩翠茗当酒，知礼分茶齿口馨。

西湖池韵

迂道荫浓暑气蒸，琼花琪树水声声。

港湾渡口人流涌，山坳茶园客旅增。

绿绕平湖晴雨猛，青接翠巘倦禽腾。

巧接神瀵②千般景，濒水王乔坐弄笙③。

西湖晚兴

细浪清波苏子堤，裂石亮嗓素尘吹。

六桥涌浪宽漪济，万柳梳风细絮飞。

映月三潭沉块垒，拥波一淀启心扉。

音携焰火夕阳尽，彩练投江吐紫辉。

苏堤怡情

西子长堤绿影重，分湖秀色汔沤浓。

傍岗茂树花拥水，绕甸奇石瀑溅空。

灵隐钟声山外尽，雷锋夕照树梢红。

飞来兀巘漪波兴，看取鱼龙戏浪泷。

大地吟草

189

灵隐秀色

秀色侵空细雨蒙，青岚杂黛乱石晶。

湖山佳处鸿掠影，涧洞幽时水渡陉。

香界④禅房游衍梦，冥碑镌壁怅思情。

钟声夜度携清呗⑤，弦月憨云伴影轻。

西湖哀思

风漾平湖柳荡丝，云愁岳庙仰丰碑。

旗摇铁马戈矛厉，关叩金牌矫诏飞。

凛凛金身千古仰，蹉蹉跪像⑥自寻卑。

风波奇冤雄魁恨，香柱缘坛供余悲。

二〇一八年四月二十四日至二十六日

①泉涌浙腔：喷泉伴着浙腔歌曲。

②神瀵（fèn）：从地下涌出的泉水。《列子·汤问》："顶有口，状若圆环，名曰滋穴。有水涌出，名神瀵。"

③王乔坐吹笙：王乔即王子乔，相传为周灵王子。王子乔好吹笙，作凤鸣，游伊洛之间。上嵩山，修炼三十余年。后在缑氏山乘白鹤仙去。事见《列仙传》。此言在湖边听到有人吹笛，宛如满天笙鹤声。

④香界：指佛寺。唐沈佺期《绍隆寺》："香界萦北渚，花龛隐南峦。"

⑤清呗：谓佛教徒念经诵偈的声音。明屠隆《昙花记》："掩蒿莱，静室闻清呗。"

⑥跪像：指岳飞墓前缚跪的秦桧、王氏、万俟卨、张俊等残害岳飞的奸人铁铸像。

车过华北平原

泼彩平畴禾稼萋，灌渠交错陌阡移。

江输沃水涛声壮，雾暗溟峰雨脚低。

厂矿稠时霾气重，贾商忙处啸尘弥。

铁龙笛吼机声运，接目平野碧影迷。

二〇一八年四月二十七日

车进太行山

幽岭云稠雨洗尘，笛传紫塞瀑惊峰。

岚光拖远千山转，雨脚低垂万谷蒙。

侵昊标杆飞紫脉，闭冥隧洞曳长风。

凭窗纵眸急回望，穿雾啾鸣雁阵横。

二〇一八年四月二十七日

过吕梁山

天影尽时雾气蒙，笛声报远隘关通。

幽林雷吼云衢暗，丘峁霾稠黛色浓。

转斗风轮横紫塞，凌霄烽燧跃霓龙。

村庄整垄坡洼地，庄户掐时力稼躬。

二〇一八年四月二十七日

"三边"印象

涧壑坡洼漫砾沙，蓬蒿驼刺未萌芽。

日投疏木寒林瘦，霜浸流沙暖气加。

钻塔引出岩脉浆，风轮递送火舌花。

隔岸山峁乌云耸，有望荒原缀绿葩。

二〇一八年四月二十七日

平凉柳湖公园即兴

柳湖曾衙署，斯处左相畿。

勃郁松标影，葳蕤草漫陂。

苔纹侵碑古，雨气绣岩奇。

椽笔刊额匾^①，游瞻睹丽玑。

二〇一八年六月五日

① "椽笔"句：公园存有左宗棠的题额及其他碑刻。

游西吉火石寨

　　长子王立奇及其战友陈春生领我们夫妇与村友李友平雨中游火石寨。再次记下此次兴游。

青山潆潆气犹寒，赤巇危崖半缩天。

鬼斧修得寒武貌，神工造就四时妍。

窟穴纳水风犹冷，壁体涂丹雨亦酣。

自怨归途游目短，风光逢著落车前。

二〇一八年八月二日

记　游

秦陇频频记胜游，时光荏苒五十秋。

千家聚落松云茂，万姓风情礼让优。

犬吠昏生丰稔岁，鸡鸣晓报广廛楼。

无心愧对云出岫①，怀兴冥思欠盛讴。

二〇一八年九月二十四日

①岫：山穴。晋陶渊明《归去来辞》："云无心以出岫。"诗人言其学识浅薄。

游内蒙古鄂托克前旗马兰花草原（三首）

　　小儿子运奇及媳蒋君霞领我们夫妇游览内蒙古鄂托克前旗马兰
花草原。记云。

其一

雾漫平沙旧莽苍，风吹塞草现殷荒。

雁鸣天外霄云迥，花约风前叶面黄。

砾径千条蒙露草，毡包一夜凛风霜。

牧场无尽情无限，融入胸怀意惬畅。

其二

飘蓬①蒙野景茫茫，草地昨宵又落霜。

云敛依稀雕遁影，风回始见马兜缰。

敖包祝福人祈愿，奶酪衔杯客假觞。

游牧情结和睦梦，长明圣火照蒙乡。

其三

蓬草黄云朔影寒，鸢惊霄汉欲擒天。

雷车②拓道荒烟蔽，奶酒飘香雨露残。

点点滩羊衰草现，团团骏马赛场还。

摔跤助兴添幽兴，向晚风和彩帜斑。

二〇一八年十月五日

①飘蓬：飘飞的蓬草。唐贾岛《送友人游塞》："飘蓬多塞下，君见亦潸然。"
②雷车：车声隆隆如雷。语出汉司马相如《长门赋》："雷殷殷而响起兮，声象君之车音。"唐李商隐《无题》："扇裁月魄羞难掩，车走雷声语未通。"

观马兰花草原剧场演出大型歌舞
《一代天骄》

大汗弯弓瀚海间，欧亚逐鹿日生寒。

戈挥画角吹残水，帐列烛炬照暮山。

旧垒摧崩易王鼎，冕旒加冠纪酋元。

查干大祭千秋业，酒溢玉觥常胜天。

二〇一八年十月五日

台北"故宫博物院"

小女领我们夫妇去台湾旅游。记其景云尔。

三层楼馆隐林帆，旅客惊视闾广廛。

国宝六十多万件，尊彝上溯五千年。

罘罳①白菜玉翡翠，铭鼎毛公珊树丹。

重器同丰华夏梦，归来应再补遗诠。

二〇一八年十月十四日

---

①罘罳（fú sī）：古代设在宫门外或城角的屏。

登101大楼^①

磨星摘斗几凭栏，览胜登临霄汉间。

淡水^②荡舟循碧浪，阳明^③跋岭凛云帆。

林荫蔽道藏车影，闾巷通幽隐市廛。

土地姓私犹板荡^④，滞留市政已多年。

二〇一八年十月十四日

①101大楼：台湾省金融中心。位于台北信义区。2004年建成。主体建筑101层，总高508米。
②淡水：指淡水河。流经台北市，西向流入台湾海峡，为台湾第三条大河。
③阳明：指阳明山。屏峙台北北部的山脉。
④板荡：《诗经·大雅》有《板》《荡》两篇，都是写当时政治黑暗、人民痛苦的。后用板荡指政局混乱，社会动荡不安。

慈　湖①

其一

堰藏澄水树藏峰，湖缀悬崖蔽绿檬。

花满杉林层霭秀，松稀阁道素尘封。

黑鸭②拨浪勤窥影，游蛙依岸久啸风。

碧绕慈康群鸟聚，夕阳隐曜月轮升。

其二

鉴湖潭静碧芜封，草茂崖石花露蒸。

绿木蔽峰云际外，黑鸭潜水影漪生。

岚接虹槛③秋光晚，雾涌苍冥朔气增。

疏雨借来涤积霭，独嫌云断野岸风。

二〇一八年十月十四日

①慈湖：位于桃园市大溪地区。
②黑鸭：新北市观赏鸟类。慈湖中黑鸭由此处专属管理人员饲养。
③虹槛：慈康桥。

日月潭①（二首）

其一

日轮月影假潭名，夙旅千年记此行。

湖碧水深波戏鱼，岸青草茂树迷莺。

拉鲁浦礁琅玕②兴，伊达航衢舣棹萦。

选胜猎奇清恣赏，浊溪转眺隐源明。

其二

天水飞来数丈深，中空日月坠金盆。

远廓岚兀林摇翠，深谷风急浪啸琛。

卖蛋阿婆③人拥户，锁霾琼宇④客无门。

玄光寺磐迎新旅，天籁云歌贴水闻。

二〇一八年十月十五日

①日月潭：位于台湾南投县山中，为台湾最大的天然湖。北半部形如日轮，南
半部形似上弦月，故名。四周群山叠翠，气势恢宏。湖光山色，美不胜收。
②琅玕（láng gān）：翠竹的美称。唐白居易《浔阳三题·湓浦竹》："剖劈青
琅玕，家家盖墙屋。"
③阿婆：台湾著名煮蛋人。她煮的鸡蛋味嫩鲜美。玄光寺码头设有她售蛋专厅。
④琼宇：指潭坳公馆。

阿里山①

绿荫如盖刃峰藏，屡教游人念孤芳。

几处溪流接翠葆，多方岩面护杉墙。

轻岚翻叶群蝶舞，薄雾挟云百鸟翔。

索道凌空冥汉吊，瀑流溅卉沁鼻香。

二〇一八年十月十六日

①阿里山：纵贯于台湾南北向的大山。海拔一千至两千七百米。以谷深林茂、
　山势雄伟著称。

阿里山达娜依谷生态园

树绕烟霞雾托云，挟辉飞瀑入幽泾。

茂林四壁一潭水，乱卉叠岗多块林。

竹馆藏娇飘曼舞，索梯吊日戏珍禽。

交柯杉木槟林秀，风露浥寒侵岭嶙。

二〇一八年十月十六日

台南道中

嘉义出郭碧水长，风林九月未经霜。

斜坡秀崿农区秀，平坝畴田熟稼香。

道布丹岩①菊错隙，岸生凡卉②萼封冈。

港湾舣舸斜横水，亭皋湖泉驻夕阳。

二〇一八年十月十六日

①丹岩：指道口的丹霞岩壁。
②凡卉：平凡的花卉。清石祖芬《经石峪看红叶》："独倚高柯舒冷艳，不侪
　　凡卉炫秋霜。"

高　雄

港都雄峙大洋边，异卉繁葩木色妍。

凄美爱河①循故事，寂幽阔市掩萧关。

特区艺品侵仓廪②，步道商场易市廛。

同是一条沙砾路，踵行经过影清寒。

二〇一八年十月十六日

①爱河：是流经高雄市的一条大河。曾有恋人投此河殉情，遂从此以爱河命名。
②仓廪：存放、陈列高雄市艺术品的仓库。

巴士海峡

天影消时①雾气重，礁沱深处水流淙。

江蚀乳洞波花壮，日敛礁峤雨意浓。

历历云峦观皆异，茫茫瀚海画难工。

清游有像君看取，应觉两峡②风月同。

二〇一八年十月十七日

①天影尽时：是指视线所及的地方。清赵国华《日观峰》："天影尽时盘大
漠，海门红处想扶桑。"
②两峡：即岬角濒临的台湾海峡和巴士海峡。

猫鼻头岩①

珊礁萦水岛南端，巴士海峡奔浪漩。

日暮垦丁滋宿雨，分湖岬角卧猫岩。

二〇一八年十月十七日

①猫鼻头岩：原为一块从海崖上滚落下来的珊瑚礁。此岩伸踞海中，似蹲卧在
大海中的猫头。它是台湾海峡和巴士海峡的分水岭，并与鹅銮鼻礁形成台湾
岛最南端的两个岬角。

垦 丁

珊礁幻影猫鼻岩，岬角分湖水甸间。

嘘雾露滋林木茂，依洋波溯兽头涵。

清流碱水丫片戏，黑浪暖流①眉黛欢。

鼻塔鹅銮②灯脉灿，风烟入浦兴阑珊。

二〇一八年十月十七日

①黑浪暖流：是流经台湾最南端的最重要的海流。垦丁海域拥有丰富的海洋生
 态，主要拜黑潮暖流所赐。
②鼻塔鹅銮：即鹅銮鼻灯塔，位于台湾最南端的巴士海峡与菲律宾海峡，此灯
 塔建于1882年，塔高21.4米，光度达180万烛光，可照射20~40海里。有"东亚
 之光"的美称。

南回公路

水郭涵涧碧波长，山气侵人木樨香。

雾瀑飞珠丝万缕，朝暾^①敷彩霞一窗。

椰林挂果凤梨^②酥，珊树靓丹海气凉。

形胜易生淑景趣，几多眺睹眼球忙。

二〇一八年十月十七日

①朝暾（tūn）：初升的太阳。唐韦应物《登高望洛城作》："帝宅夹清洛，丹
　霞捧朝暾。"
②凤梨：台湾凤梨，又称无眼菠萝。为台湾名果。

知本温泉（二首）

其一

花艳林香秋雨兴，汤泉沸沫水花莹。

池塘一觉游仙梦，猴子破棂窥影惊。

其二

烟披青崿水天长，嶂雨^①茫茫暮色凉。

泉沸碧波沤聚荡，流黄^②侵影气韵香。

二〇一八年十月十七日

①嶂雨：山雨。清徐恕《鸳鸯碑》："金石声寒嶂雨迟，赤文跌合表唐碑。"
②流黄：彩色丝织品。此指澡堂帷帐。唐沈佺期《独不见》："谁为含愁独不
　见，更教明月照流黄。"

太平洋东海岸道中（二首）

其一

遥天白浪撼江洋，褶带裙礁①缀素裳。

崖畔猴群惊怯步，树梢鹂鸟噪夕阳。

掘荒应惮伤民术，采药回思治岛方。

莫道林花撩芳意，北归始觉气输凉。

其二

缘崖层木绕青藤，倚嶂丘峦绿景重。

深谷狭坡风色艳，曲岸褶带水分浓。

海蚀深壑波涵沫，船绕伏礁浪涌泓。

天亦助人游兴好，旅台风日正晴明。

二〇一八年十月十七日

①褶带裙礁：沿着太平洋岸发育的珊瑚礁岩。坡岸边，受海浪侵蚀形成的许多
海蚀沟，而构成像百褶裙的地景。

过北回归线（二首）

其一

塔标危峙大江边，褶带萦波碧水湍。

隐隐云舸朝夕渡，片片渔艇天外帆。

鸟翔礁浦风惊浪，花谢岩峦雾嘘寒。

细雨蒙空秋色满，海峤①岚绕彩虹悬。

其二

海滨行旅醉先熏，锦浪清波处处逢。

茂草珊礁常滞雾，流泉湍瀑易疏风。

离离塔柱光华满，阴阴椰田暮雨蒙。

至此节候凉热异，归线北去气渐温。

二〇一八年十月十七日

①海峤：海边山岭。唐张九龄《送使广州》："家在湘源住，君今海峤行。"

达鲁阁步道

栈道①疏通疲老卒，穿溪越涧入林梢。

杉墙泼黛峡崖秀，隧洞纳风霭雾飙。

涉险猴群惊怵目，探幽驴友瘆发毛。

天桥敷彩通仙苑，欲上魂飞魄动摇。

二〇一八年十月十八日

①栈道：又名复道、阁道。指悬崖峭壁上修建的一种道路。清高咏《李中丞
歌》："我闻此物产益州，栈道连云剑阁愁。"

花　莲

峭岩深壑宿云闲，阔市长街聚绿瀍。

葩卉蔫红香暗淡，江河息浪噪声湉。

璞石温栗①藏猫眼②，蛇窟清寒生玉烟③。

皓月琼岗白乾树，风侵寓馆夕阳残。

二〇一八年十月十九日

①璞石温栗：璞，蕴藏有玉的石头。温栗，指石头质地，温润细腻。明沈德符
　《野获编补遗·玩具·印章》："我朝士人以青田石作印，为文房之玩，温
　栗雅润，遂冠千古。"
②猫眼：台湾盛产玉。有的玉面聚光处如猫眼。遂以猫眼石命名，极为珍贵。
③生玉烟：援引李商隐《锦瑟》诗"沧海月明珠有泪，蓝田日暖玉生烟"意。

华清池

澄潭波静泡清芬，温润千秋汽碧莘。

宕日宫闱光霁满，凌霄茂树月华森。

水侵曲槛莲影动，汤浸玉甃①仙使臻。

游侣难知温液美，九龙泉濯玉真人②。

二〇一八年十一月八日

①玉甃（zhòu）：玉井壁。此指温泉池壁。白居易《骊宫高》："迟迟兮春
　日，玉甃暖兮温泉溢。"
②玉真人：即杨贵妃。

海口（二首）

二〇一九年三月十日，小女王怡领我们夫妇及小媳蒋君霞和刚满两周岁的小孙澍澍去海南旅游。记下此次行程。

其一

追光逐梦海南行，已是耄耋丹气沉。

放胆沧溟搏锦浪，纵身浩瀚试孱身。

百川海纳溶芳景，牛斗霄悬贯孟春。

行旅频沾清樾露，扶摇天际探蟾轮。

其二

烟花三月海南行，热带风光入眼频。

沙软草葳花木艳，日妍雨盛水波潾。

骑楼老街①忆新政，廖舍豪宅②仰策勋。

移步摄奇游目尽，海云消尽好风熏。

二〇一九年三月十日

①②骑楼老街、廖舍豪宅：均属海口革命旧址。

西岛（四首）

其一

椰风吹雨过溟江，蛙唱虫鸣晓色苍。

济济游人寻宽景，匆匆领队说闽腔。

天涯海角留风影，水窟溶潭奏雅簧。

石气濯密闻暗瀑，水云分绿过横塘。

其二

逐波乘浪旅兴长，椰木丛中认渔乡。

出海捕捞密炮响，归家搬运几篓扛。

海涯阔硕包容大，天柱挺拔气度昂。

鱼桨翻江宵宇静，瑶肴佳酿礼祖娘①。

其三

风花霾树倚江津，碧翠浮密野水滨。

木气藏阴崖壁古，霞光泛滟寓楼新。

几片茂树傍村舍，多处琼嵫杂钓民。

若卜一枝栖卧地，愿赍是处可安欣。

其四

风树霾花绕陌长，明湖漾漾韵波香。

晨穿莺鸟青荫道，暮渡澄潭碧浪舫。

桐叶点沤春涨浦，椰林飞雨水侵塘。

巨石②傍海蒸云润，一柱擎天撼大江。

二〇一九年三月十一日

①祖娘：即沿海渔民信奉的神明妈祖。
②巨石：指海南"南天一柱"石。

崖州湾

宇峻丘包远，湖平陌港连。

风花傍树茂，日气映川妍。

汭道通明水，云滨隐暗帆。

泱泱御海渺，千舸竞彼岸。

二〇一九年三月十一日

三　亚

椰园泓濯蕙兰芳，雾树风花夹道香。

障目流云晴霭暗，通津快艇缓流苍。

水侵闾巷江城转，影叠楼台棕陌藏。

奇秀热庭沙土净，今钟富庶梓黎康。

二〇一九年三月十一日

亚龙湾

棹艇邮轮往返驰，亚湾面目未全知。

如今又入鼋宫去，波涌浪花雨浥丝。

二〇一九年三月十一日

亚龙湾生态森林公园

翠叠椰林复道盘，扶摇滑斗入云端。

浩空攀月探蟾府，沧浪透岚睹海天。

游尽天池飞虎步，望穿瀚水制蛟鼋。

雾含湿绿云多古，足涉峣顶兴未酣。

二〇一九年三月十二日

亚龙湾北斗七星坐标

雾树霾花复道浓，白楼琅馆影重重。

山泼翠黛云缥缈，水涌清波木葱茏。

河汉吊冥云锦乱，石桩布阵月光融。

亚湾已有通天路，北斗竖标水浸空。

二〇一九年三月十二日

车过石梅湾（二首）

其一

断云屯雨旅程长，日暖中天雾气茫。

石岭岫包相倚错，原休畴亩复排苍。

顺风隧洞输寒气，折道坦途掩卉墙。

碧浪长河千沏绿，一湾好景卉石香。

其二

屡布稠云未见晴，沉潦笛吼客匆匆。

疏密木色风中碧，杂乱涛声海啸浓。

古寺神坛传暮鼓，灵禅宝刹送晨钟。

藤攀瀑挂追清响，是界是尘无甚明。

二〇一九年三月十二日

三亚港

骄阳溶水漾波光，游鱼吻岸群鹭翔。

通泊汇衢多国水，飞波冲汭几邦洋。

衣裙溅沫麝飞影，帆浪吹沤鱼溅香。

已是雨惊归棹晚，更怜疏蕊落横塘。

二〇一九年三月十二日

看海上丝绸之路大剧场
拉斯维加斯表演秀

中西合技陟高台，云影波光共徘徊。

天上幻图荐逸兴，人间杂艺靓奇才。

空翻旋影扭躯转，缩术柔身跨海来。

飘逸风姿彰怪异，水乡览胜怡情怀。

二〇一九年三月十二日

椰田金店

金榷椰廊客旅熙，卖场货满价锱差。

纯银摆件精工制，锃色佩环古艺滋。

童叟无欺彰悃信，物什巨细善剔疵。

琳琅夺目争奇艳，海宝宫藏目瘾痴。

二〇一九年三月十二日

参观椰田经济自贸试验区

椰乡商榷系标循，示范作坊褒誉殷。

黎庶风情云缀画，苗胞物什日溶鋆。

弟规承袭祖宗训，奉老图腾牛首勋。

三月初三孚念孚①，重节眷眷报慈心。

二〇一九年三月十二日

①孚念孚：海南岛黎族人民悼念祖先、表达对爱情向往的传统节日。

天涯海角一柱

擎天一柱矗南江，骇浪惊波共渺茫。

夸父弃扶桃苑秀，女娲补漏汉旻苍。

拎包北客拂炎日，添袄旅人避飓樯。

雾色暝中归棹晚，浅滩风雨正苍凉。

二〇一九年三月十二日

清水湾道即景

牛冈飘雾树含烟，壑谷藏春水拖岚。

湾锁清流裙转绿，岭生石卉黛间蓝。

海南橡苑琼花艳，椰岛榛林肥叶斓。

侵目画图谁凭赏，半樯夕日倚船舷。

二〇一九年三月十三日

大东海（二首）

其一

登高方觉水云阔，岸涌江花艇半遮。

摆渡码头石垒垛，围流曲坝客拥车。

沙滩寻贝足泅水，篝火蹿苗手拍歌。

馥郁香凝琼卉卧，人推人挤世情赊。

其二

熠熠波摇暮雨唰，水鸥候鸟落琼沙。

舳舻声噪惊蛟浪，邮艇尘稀泛汉槎。

沲露含英椰叶秀，扑苗篝火慷情佳。

若问胸次兴多许？江水东来浩浩涯。

二〇一九年三月十三日

博鳌东方文化园

龟岛芳园秀鳌头，两江春水涌岸流。

文昌梵呗乐声静，议事论坛壁画幽。

滟滟波涛椰雨猛，萧萧木影卉风稠。

棕林扯雾飘空过，夕日又归吊脚楼。

二〇一九年三月十三日

参观中缅玉器加工试验区

吐翠含丹孕景深，晶莹剔透世所称。

卞和识透灵根性，楚王无知浅陋封。

不动烟波犹目亮，只留清脆贯耳铮。

缅中巧匠工雕琢，精品琳琅供世丰。

二〇一九年三月十三日

海口市火山口世界地质公园

地心飞溅火轴岩，隔水藏烟练瀑悬。

一面俑石憨作态，两厢卧像默矜怜。

睡狮惊醒东方梦，雄雉啼明海上天。

冷眼放洋观造化，风蚀地貌探渊源。

二〇一九年三月十四日

游　虑

二〇一九年十二月十二日，王东燕、王怡二女儿，领我们夫妇及小媳蒋君霞和两岁半的小孙澍澍去新加坡、马来西亚旅游。感于见闻，记云。

寻胜避寒新马游，未曾挪步意忄专忄专。

六时缚座腾沧海，无季风衣御酷飑。

漠漠黄尘接日涌，茫茫锦浪逐江流。

南亚景茂想来好，热过三伏也堪忧。

二〇一九年十二月十二日

夜宿吉隆坡

机抵吉隆夜已深，憧憧灯影意犹慵。

放开倦眼惊魄悚，接踵飙车震耳聋。

雨馆风楼才隐见，霾花雾树正蕤荣。

南国始觉多芳意，娇嫩新黄遍地秾。

二〇一九年十二月十二日

新加坡睹胜

星岛①湿云迥，松风摇月幽。

晨观沧浪水，暮榻翠烟楼。

花艳恋蛱蝶，江清聚丽沤。

触石霾瀑响，晴雨好放舟。

二〇一九年十二月十三日

①星岛：新加坡的别称。

圣陶沙岛

秀岛集幽傍大江，瀑流悬壁浣花墙。

淡烟疏雨淋棕榈，烈焰清樽映海棠。

度假松弛携侣友，息宁消费锁闲方。

但求孤耿高格在，避舍赌门远娱场。

二〇一九年十二月十三日

新加坡记游

琼岛云湿水碧漓，烟飞礁浦雨低回。

阴阴榈影跟波涌，漠漠沙滩转鹭飞。

晴入舟楫沧浪泳，暮接岩渚海风吹。

自思泽国物华异，游兴犹赊逃炎归。

二〇一九年十二月十三日

游 兴

岚复浅滩树影迷，椰园丹圃鸟飞徐。

客披霞彩淋晨雨，车带斜阳浸月晖。

风物尽观龙翼①奋，山川漫睹巨狮②犟。

海风送爽人流散，蛮语清歌倚兴飞。

二〇一九年十二月十三日

①龙翼：新加坡曾被誉为"亚洲四小龙"之一。
②巨狮：即鱼尾狮，为新加坡市中心著名喷水雕塑，是其城市地标。

马来河晚渡

大河激浪水粼粼，娱馆傍楼海气侵。

悬斗赌场园苑托，望江剧院彩霓晕。

敷荫缀秀藏舟艇，散热输凉锁钓滨。

雨泻沉漻冥色迥，琼花浥露袖怀馨。

二〇一九年十二月十三日

马六甲海峡（三首）

其一

烟雨丝丝浥霭尘，浓云低挂雾霾封。

丁香浴露花繁艳，棕榈浮珠叶润烝。

沧海鲛丝常滞泪①，港湾帆影总梳风。

狭津难睹神奇貌，贾舶两千锁咽横②。

其二

南洋潮水碧波稠，万类舟楫任去留。

雨击危樯鲛泪滚，风输湍浪木槎悠。

遥遥塔柱接峤脉，隐隐珊礁阻舸舟。

影入江流喉咽带，有兴难怯泽邦游。

其三

耸岸狭壁水湍奔，舸艇舳舻似毛轻。

霄汉总蒙稠霭遮，江河时现薄霾兴。

万邦航运丝路过，千域行舟咽带萦。

远渚潮波循贸贝，睦民共济羡丰赢。

二〇一九年十二月十四日

①鲛丝常滞泪：相传大海中居住着鲛人，鲛人的眼泪变成了珍珠。
②贾舶两千锁咽横：贾舶，古代从事互市贸易的商船统称，此指世贸商船。马六
　甲这样狭长的海峡，险如锁喉，每天要经过两千多艘船只。

新加坡舣口

危楼侵碧野，舣口聚洋商。

日敛风生浪，月出水曜光。

邮轮洇水逝，帆影伴霾忙。

妻孥观淑景，雕狮①镇远航。

二〇一九年十二月十四日

①雕狮：新加坡圣陶沙岛标志性雕塑鱼尾狮。

吉隆坡夜

霾街风树更阑灯，椰径榈堤叶底笙。

油塔双峰①光柱灿，命河一水②画舟横。

夜宵每向休闲爆，聚会多从月下逢。

廿六族民和睦处，声扬弦管物阜丰。

二〇一九年十二月十四日

①油塔双峰：马来西亚石油总公司办公双塔大楼。
②命河一水：此指贯穿于吉隆坡市区的生命之河，为马来西亚的母亲河。

马来西亚国家皇宫

金殿宕云巅，玉阶日影闲。

禁区萦碧水，园苑绕青岚。

骑士时巡道，流岗互替班。

国人崇偶像，天下祝同安。

二〇一九年十二月十五日

三宝山华人义冢①前（二首）

其一

聚瘗胞骸三宝山，稠云愁雾暗陵园。

风林寂寂低含雨，霜卉离离着暮烟。

环佩空归鲛丝泪，音容远逝离恨天。

乱军毁业南洋下，压世他乡泪泫然。

其二

冢卧苍峦半岭松，拾级参瞻雨霾浓。

南洋遁海家邦弃，异域植根生计庸。

愁绪绵绵恋故土，悲情漠漠恨兵戎。

回归故里已成梦，再欲归来更梦中。

二〇一九年十二月十五日

①三宝山华人义冢：华人下南洋，大都是北洋军阀混战时形成的。1885年，马来
西亚管理华人社团的组织向当时马来西亚的荷兰殖民政府购得中国山（即马来
西亚八宝山）作为华人义冢墓地群。

三宝山庙①瞻郑和像

负命宣海启艨艟，水域丝衢始望通。

礼教恭行开王化，淳风抚育导邦同。

悠悠友谊邻国水，浩浩仁风万众穹。

捕影循规邻睦友，宝山祠殿谒尊容。

二〇一九年十二月十五日

①三宝山庙：位于马来西亚华人义冢区山脚下。庙中奉祀郑和画像及郑和航海
简介。

葡萄牙纪念广场

物换星移几役魂，殖民暴戾马来人。

辛酸不堪笞凌辱，困苦多从恶浪奔。

异域风情云锦缀，南亚实业绩勋存。

荷兰船模载青史，醒世谕箴施善忱。

二〇一九年十二月十五日

云顶（二首）

其一

翠谷藏春碧露斑，长风吹雨瀑流悬。

霾开沟壑晴云布，岚绕青枝绿彩姗。

滑索吊冥惊渺汉，雷车穿雾吼幽峦。

瑶池仙苑离人境，奇绝兹游①面面观。

其二

幽林茂草碧云峰，惊现蜃楼蟾殿宫。

欺月霓灯光柱冷，筛辉闲馆绿霞蒙。

电玩聚赌舒贪欲，消费宴乐助兴萌。

胜景千般成佳趣，危巅不夜有春城。

二〇一九年十二月十六日

①奇绝兹游：引宋苏轼《六月二十日夜》"兹游奇绝冠平生"句意，谓这次远
    游，是作者平生最奇绝的经历。

太子湖泛舟

波漾平湖细浪毳，风生镜面涌晴岚。

岸花雨霁微衔日，风树霾枝总挂烟。

蒂尔①豪宫依水静，马来大寺倚江恬。

喜得驾艇舒游目，长夏无时酷焊添。

二〇一九年十二月十七日

①蒂尔：即马来西亚时任总理玛哈蒂尔。时年九十三岁，精神矍铄，每事必
恭，深得马来西亚人民爱戴。

新马大桥

孔桥碧水粼，道口隐秋芬。

风过闻潮动，云移见月循。

放舟沧浪涌，签证雨丝频。

几换衣裙袄，温差不甚匀。

二〇一九年十二月二十三日

幽州秋色

撩人秋色古幽州，霜叶飞红燕脉头。

永定游龙深径绕，长城巨蟒险巇悠。

密排电网接明月，兀矗楼台缀灿旒。

谁道清游非是梦，鹂歌击壤致尧讴。

二○二○年十月十八日

夜游华清池

入夜，随临潼吕兴利经理及运奇四舅重游华清池。记云。

依山林道骊宫静，高柳垂阴宛帝京。

色浸金舆仙苑迥，光侵甃壁圣泓明。

太真出浴芙蓉醉，君王重愁雨霖铃。

骑火荔枝妃子笑，瑶池明灭月丰盈。

二○二○年十一月十二日

曲阜怀古

古木羝羝砾径青，泮宫熠熠正晴阴。

清泉溅玉听弦唱，活水飞珠悟道音。

小篆斯相留范笔，六经孔圣育殊勋。

金身自可千古仰，遗泽丰德百代钦。

二〇二〇年十二月八日

凉殿峡怀古

二〇二三年七月二十二日，即老妻七十七岁生日前一日，长子王立奇同小女王怡及女婿沈会郎汇同深圳表弟夫妇、银川小表妹夫妇同游六盘山国家森林公园。

凉殿长廊树簇峰，幽林大汗寄云程。

金戈铁马驰千里，枞鼓蒙旗陷百城。

雨苦临安宋易鼎，霜寒宁朔夏吞声。

斯游盛境寻湮景，幸许云藏避暑宫。

二〇二三年七月二十二日

秦陇行

陇水秦山玩不穷，几年竞走逐鸥鸿。

嶽峦罗列青峰迥，密树参差碧稼重。

佚史宗宗藏日月，遗存处处瘗兵戎。

前途不倦留行客^①，历练沧桑志益躬。

二〇二二年八月二十四日

①留行客：引民国著名学者、诗人黄侃《虞美人》"长条也解留行客，别意真
无极"词意。

泾源老龙潭

　　一九九四年，隆德县志办主任张家铎先生领我及志办工作人员
同去泾源老龙潭考察。感其景美，后追记之。

澄潭幽谷溢清泓，骇浪惊涛送木阴。

苍水青峦源眼隐，碧塘澄堰暗流循。

萧萧霜叶崖边树，冉冉曤岚涧底云。

伏水溶泾波色壮，陇原生态碧氤氲。

二〇二三年八月三十日

过蓝田

　　二〇二三年九月十六日，长子立奇和小女王怡驾车领我们夫妇及长孙牧牧去华中、福建等地旅游。感其南方景美，所经之处记录在兹。

悠悠太乙①道，隧洞接峦通。

雾孕晴天雨，沙扬阴谷风。

灞河鲛丝泪，弭国②玉玲珑。

商洛寻居士，辋川客忆深。

二〇二三年九月七日

①太乙：太乙山，即终南山。属秦岭山系。
②弭国：西周封国。在今陕西蓝田。

秦岭道中

寒涛谡谡孕成淋，青影憧憧遮昊旻。

千洞通衢成套路，万山摇翠簇密林。

晴岚碧落秋风爽，秀色可餐绿绮阴。

抚景何须嗟迟暮，优游野趣作芳邻。

二〇二三年九月七日

访天竺寺①遇阻

访天竺寺，近石膏山山腰狭道处，因基建路塞遇阻。

烟飘密树碧霞浮，绝壁翠峦尘嚣疏。

攀近天都寻帝座②，渐行地骨阻天途。

引人胜地虔情迫，化境心扉念南无。

不言蓬莱凌绝苦，洞中瞻寺白发孚。

二〇二三年九月七日

①天竺寺：位于陕西商洛市山阳县天柱山。自汉代以来，该寺一直是佛教和道
　教活动中心之一。
②帝座：清陈鲁斋《登天柱山》："置身如在九霄中，万里川原一览空。呼吸
　可能通帝座，壮怀直欲问天公。"

武当山服务区诸景观瞻

傍晚，宿武当山服务区。寻导游，谒武当山真君庙，并游玄岳码头、太极湖志感。

夕晖暖照秀阁崇，寂寂庙堂传磬钟。

大帝玉真慈目炯，无量元圣意肃雍。

气蒸太极沙碓绕，波感丹浮水脉通。

抚景勿思嗟日暮，人仙共界槛衢中^①。

二〇二三年九月七日

①太极湖门口竖一硕大石牌坊，为明嘉靖皇帝所敕建。牌坊镌额"治世玄岳"四字。

武当情思

武当归来感事空，仙风缥缈任西东。

重楼纳雾凌波上，锦宇焚香羽化空。

车水马龙无甚好，花红酒绿已为臃。

道家净地澄千滤，常愿金山共肃雍。

二〇二三年九月七日

初登武当山

其一

索绳缆斗挈云影，人缩吊车气觉疏。

步步攀登思胜境，阶阶超越倚槎桴。

仙岩雾重云涛吼，金顶风凉雨浪呼。

紫殿圣宫难及顶，寺钟激宕唤遥途。

其二

武当遥阁倚昊穹，风磨钟磬经韵雍。

穿云透雾观清净，破执修身感道崇。

亦幻登仙尘界渺，似痴羽化眼球空。

心香一瓣搏心志，脱俗存真气自雄。

二〇二三年九月八日

江汉高速行

徐徐风浪动江村，霭霭晴霾笼楚空。

新野崄差依岭曲，天门中断楚江萦。

陌边花茂风细细，道上车飙影重重。

荆楚风光依旧美，人文意韵岁峥嵘。

二〇二三年九月八日

黄鹤楼

百尺危楼踞鄂州，江回吴楚半轮秋。

通衢九派琼阁峻，集贸三城汉水幽。

雅士骚人吟快赋，轻舟钢火献欢讴。

榜书骚句缘华柱，彩帜拂栏缀玉旒。

二〇二三年九月九日

武汉夕晖

九省通衢浩水围，长江锦浪逝波微。

黄鹤楼宇接冥汉，江汉虹桥网夕晖。

细细管弦轻曼舞，幽幽梅调荐兴飞。

卤盘①一再添兼味，茶性甘和酒兴绥。

二〇二三年九月九日

①卤盘：武汉地方特色菜。

武汉至洪都道中

庐山南麓峭，天水浑和雍。

青嶂迎人起，幽衢连隧通。

赣江浮碧野，彭泽①映晴空。

信是红培地，凝神缅英雄。

二〇二三年九月十日

①彭泽：鄱阳湖古称。

登滕王阁

滕王高阁霭夕晖，朝接暾旭暮接霏。

落霞孤鹜双飞苦，秋水长天一色馁。

帝子驾鹤离槛去，王乔吹箫引凤回。

欣看天水连平楚，再读勃诗品细微。

二〇二三年九月十日

武夷道中（三首）

其一

车穿万脉碧山陬，路绕清波澹澹秋。

伸缩丘包相倚错，参差密树互传飕。

离离村户隐岩居，点点禾田杂草熟。

何虑年高劳顿苦，清凉一日武夷游。

其二

武夷崿嶂万山弥，车入双溪碧萋萋。

风吼绝崖湍瀑响，雨晴深岫乱禽啼。

峰回路转才惊睹，柳暗花明又猜疑。

绿树丹霞相错落，主峰仍在雾中移。

其三

武夷道险宿云差，转谷林衢几迭回。

总有峣峰迎面起，还看密树隐身埋。

性天板舍依岩筑，山市茶园贴壁排。

将抵莆田辙径近，茂林穿透海声来。

二〇二三年九月十一日

泉州市郊

南方苦旅迹未荒，今又鲤城①访水乡。

榕木飘残风不定，稻花浸卧雨还扬。

惊涛骤起渔村隐，飓母忽来舸艇藏。

北客物情溶异俗，海边搜景叹殊方。

二〇二三年九月十二日

①鲤城：即泉州。

泉州海滨野步

宿楼座向近江滨，晨步沙岸眺碧茵。

细浪晴吹飞木絮，轻萍暗长蹙漪漪。

帆船隐约云涛转，海礁沉浮雾浪侵。

榕树飘残云雷吼，霎时猛雨借风淫。

二○二三年九月十二日

厦门东眺

行旅江滨苦未通，同安转道厦门东。

海天一色幻游艇，风雨杂和羡飞鸿。

缭绕川原浮碧浪，参差楼宇入昊穹。

车窗风度凉满座，远渚潮回送千艟。

二○二三年九月十三日

游鼓浪屿

船荡江心细浪循，树围碧水气接冥。

吊杆桅塔悬湖转，沙鸟澄波潜鱼惊。

击棹才游珍世界①，挽船不厌日光汀②。

几年游旅浑如幻，唯有鉴湖韵泥情。

二〇二三年九月十三日

①珍世界：珍珠馆。
②日光汀：日光岩。

夜宿龙岩

寻道福银①日已昏，房车又入客家墉。

甸中街市暝色满，闾巷楼台锦旆重。

星火荧荧②侵皓汉，工农振振求大同。

龙岩山市感红培③，战地秋花分外秾。

二〇二三年九月十三日

①福银：即福银高速。
②荧荧：形容灯火少而明亮。
③红培：红色革命教育基地。

湘莲卧城^①

层林摇翠碧溜溜，湘水孕莲水更优。

转道涟河观莲趣，烟阁云宇绕莲幽。

二〇二三年九月十四日

①湘莲卧城：湘潭市因盛产湘莲而得名。生长湘莲的涟水是一条没有污染的河，
生长的莲子更具特色。

岳麓书院

岳麓书庐秀，弦歌隔院升。

林幽碑额古，楼峻御书丰。

烟绕二闾祠，花蕤爱晚亭。

披书恭至圣，念典怀儒风。

二〇二三年九月十五日

再咏岳麓书院

千年学府景氤氲，炳炳誉声贯古今。

绕砌松梅无俗树，摇枝鹂鸟有佳音。

诸门旁类施清教，博采众长获殊勋。

博览无休通达路，求真屡屡拜程门。

二〇二三年九月十五日

夜宿长沙湘江江景楼，怅望湘江江景

翠掩江楼四面天，轩窗透帐眺涟漪。

霞飞江渚千丝雨，霓浸风林几缕烟。

天马①围湖华市隐，高桥跨水彩岸喧。

人玩画舫湘江浪，如幻霓灯满水垣。

二〇二三年九月十五日

①天马：长沙城中天马山。

荆襄行

荆襄江平沃野宽，稔禾秋熟水拖蓝。

晴分极浦看新貌，雾透层峦忆昔年。

铁马冰河频入梦，胡笳烽火几经眼。

钟灵秀色催人紧，莫仗苍鬓负此川。

二〇二三年九月十六日

登岳阳楼

十面湖山云梦①秋，无边风月岳阳楼。

楚山横野云渺渺，汉水接冥浪悠悠。

滕王歌歇常邀聚，黄鹤寄迹暂停留。

沧桑世事莫兴叹，缘与洞庭息块②谋。

二〇二三年九月十六日

①云梦：泽名。这里代指洞庭湖。
②块：心中块垒。

过洞庭湖

岳阳毗道阔岸封，万顷湖田锦浪腾。

南极潇湘蟾殿月，北通巫峡神女峰。

秋光冷漠敛云阙，湖色清怜映锦城。

回睹重溟烟生树，水天一色画舟横。

二〇二三年九月十六日

襄阳崇墉思古

襄河汩汩吊楚臣，城垤沧桑转时空。

铁马秋风惊乱饰，横戈竖戟聚离魂。

掣侵韩孺①经纶手，御寇烽烟警襄墉。

楼宇八方崇楚宇，勿唤胡笳杀声重。

二〇二三年九月十六日

①韩孺：东晋襄阳守将朱旭母亲。公元378年，前秦王苻坚派儿子苻丕统领七万大军南下，进攻襄阳城。襄阳城守将朱旭的母亲韩夫人查看地形后，料定秦军会率先进攻防守薄弱的西南城角。于是韩夫人率眷属及城内妇孺，日夜补筑西南内城，抵御住了秦军的攻袭，保住了襄阳城。遂传为佳话。

商洛①（二首）

其一

巉岩六百霁光旸②，洛水鸣鸣忆卫鞅。

云缀天心霾化雨，日溶旺夏气还凉。

轻霜老木古风迥，淡酒华楼遗韵臧。

四皓③欣栖康养都④，铺金着翠药花香⑤。

其二

霾拖青芜树挂烟，峣峰作障雨垂帘。

龟山鸟瞰楼台峻，丹水虹梁⑥漪浪旋。

吆喝声喧翻巷闾，轻歌曼舞满公园。

华街夜市人气旺，达士名商客流连。

二〇二三年九月十三日、十七日

①商洛：市名。在陕西省东南部。
②"巉岩"句：翻用宋王禹偁《商山》诗"六百里巉岩，岚光霁后添"意。
③四皓：指秦末隐居在商山的四位年长的隐士。
④康养都：商洛因有良好的生态环境和丰富的矿产和生物资源，被中国气象局
　授予"中国气候康养之都"称号。
⑤药花香：商山中的中草药有一千一百多种。
⑥虹梁：拱桥。

洞庭湖即景

四面云山烟水湉，几片画舫转江干。

秋惊旅兴荆门瀑，风惹游踪沙堰岚。

梦泽①花发烟里隐，南楼②水浸浪中悬。

快游何幸叼光满，长旅归来足羡谈。

二〇二三年九月十七日

①梦泽：云梦泽。这里指洞庭湖。
②南楼：即岳阳楼。

敦煌禅窟

瀚海无垠景无涯，砾岩丹窟绘阐家。

佛尊说教灵根动，供养虔诚善念加。

凌虚飞天旋顶舞，焚香信士伏埃爬。

禅机彻悟明心性，化境南无似渡槎①。

二〇二三年九月二十日

①渡槎：渡霄渡的木筏。南朝有汉张骞奉命出使西域河源，乘槎转临西域诸国
的记载。宋苏轼有"岂知乘槎天女侧，独倚云机看织纱"句。后喻奉命为人
类造福。

白马寺怀古

古寺凌霜沐旭阳，劲松古木郁苍苍。

汉文①梦竺南无语，白马驮经落日黄。

暮鼓朝钟传万旅，青灯梵呗诵八荒。

百年累历沧桑变，万劫化夷佛事臧。

二〇二三年十一月一日

①汉文：汉文帝刘恒。

感事抒怀

太原古玩市场

平生唯此摆地摊，无盖剧场①画卷悬。

炎日拙荆司榷位，凉棚老叟捡漏玩。

收场囊括旅差费，立抵京都意适然。

逸兴若来学买卖，商圈小试浅流边。

二〇一四年七月二十日

①无盖剧场：广场露天舞台。

金城印象

云山排阵固金城，黄水傍圩折带行。

万幢楼台风影厚，千条衢道霭岚兴。

企工输气苍旻暗，沙浪飞尘旷野暝。

幸喜回天民有术，宇霄净化陇原明。

二〇一四年七月二十五日

七五寿感言

茫茫尘世未详参，过隙光阴忆岁艰。

僻地课徒初幸路，梓乡考古涉文玩。

无端新疢驱年暮，有象薄涯涉苦寒。

所幸优游①无晚虑，频传网讯怡神忱。

二〇一五年九月三十日

①优游：悠闲自得。《诗经·大雅·卷阿》："伴奂尔游矣，优游尔休矣。"

孙中山先生诞辰一百四十周年祭

伟人擎帜惊世殊，帝制崩颓树巨碑。

义荐轩辕强禹甸①，心存信念斗雄魁。

三民主义昭天下，万里江山入枭麾。

尽瘁斯民声已矣，东方狮醒正腾飞。

二〇一五年十一月十二日

①禹甸：本谓禹所垦辟之地。后因称中国之地。

与罗致平先生、王树梅女士改编历史剧
《龙泉井》，并观演出

忧乐萦怀意态豪，恫瘝①在抱忆前朝。

素襟②无有私贪念，微尚难将夙志抛。

窗外风声天下事，案头朱笔斩奸刀。

总从公道彰纲纪，善处人间自逍遥。

二〇一六年八月五日

①恫瘝（tōng guān）：关心人民疾苦。宋苏轼《送张天觉得山字》："祝君如此草，为民已恫瘝。"
②素襟：本心。亦指平素襟怀。南北朝王僧达《答颜延年诗》："崇情符远迹，清气溢素襟。"

学木工

课徒常忆假节暇，初练木工苦持家。

锯肘拉开薄木片，刨床启绽碎材花。

厚条作柱谋高器，小块粘结拼小傢^①。

阔柜矮桌相继就，稻粱补缺度生涯。

二〇一六年十一月十六日

①傢：家伙。古指家具、用器。亦作"家火"。

暮年小传

祖辈移民居陇干，九〇携眷客银川。

初离几枯盈眶泪，再适无疑一枝寒^①。

片纸拙诗消永昼，尺幅荧幕慰流年。

沧桑历练人还健，闲散更多结梦缘。

二〇一七年四月五日

①"再适"句：翻杜甫《宿府》"强移栖息一枝安"句意。

小孙澍澍百日宴感言

满堂紫气友宾多，高馆佳辰丽日和。

客满争掬憨宝宝，人喧互祝乐呵呵。

席园馐膳菜足味，杯满觥香酒更赊。

欣喜溢情天祚佑，兴酣稚子笑哦哦。

二〇一七年四月十八日

写在母亲节

儒风湮灭唱文明，载誉儿孙枉负名。

母爱节前问讯满，高堂远弃忘耄龄。

摇篮梦里慈亲泪，功业场中冷眷情。

过后此节归寂寞，高堂陌路若邻行。

二〇一七年五月十四日

赞"一带一路"高峰论坛

"一带一路"论坛开，五月京迎翘楚才。

廿九国家元首莅，四洋挟日御风来。

金融商贸投资大，合作产能共促拍。

跨境契时丝路进，对接主动上高台。

二〇一七年五月十四日

看电视剧《白鹿原》

秦川风味旧曾谙，白鹿苍原面面观。

家训不殚朝复暮，族规还念旧恭虔。

娃娃亲弃宗习念，姓氏情连世故关。

万代尊荣营福祉，终昭热土玉生烟。

二〇一七年五月二十日

《晚晴集》出版反思

《晚晴》面世未心宽，俗语攒堆耻圣贤。

时览哲辞聆雅训，偶窥拙篇沁酡颜。

唐宋遗韵须勤习，徵调新声更细研。

索句炎州非邀誉，诗书耐味可颐年。

二〇一七年六月六日

诗海拾遗

拙诗完稿汗如泓，词乏神疲律韵穷。

应世诗坛新拓景，生花奎壁荐文弘。

不黏不脱①骚人规，刻意难能雏句工。

典籍百家成范本，孜孜研习再求通。

二〇一七年六月十八日

①不黏不脱：指古人作诗的要求，是说作诗要自然明快。

酬　和

步原韵奉和德林先生二〇一七年六月为余《晚晴集》所赋并酬之。

先生诗荐《晚晴集》，愧对网波哂陋词。

没肉鸡肋食少味，无才诗料笑鳖思。

稻粱事业秦陇徂，狷介心旌朔漠司。

欣感泮长勤策厉，若出续册首奉之。

二〇一七年六月二十六日

再赠书堂先生

一从分首客湖城，故地相思又忆君。

念旧常谙学谊趣，道今总涉稼耕辛。

江山无限稻粮计，日月频增棣萼心。

素虑何能农舍梦，欢颜再叙旧邻亲。

二〇一七年七月十三日

为顺子①赞

精明泰迪弄灵姿，迭卷毛发体簇丝。

吐舌岂因传暗语，斜视非递邀媚姿。

黏人摇尾常忧喜，卫主巡家百勇滋。

禾影千重寻旧路，东家荐兴献诚痴。

二○二三年九月十八日

①顺子：作者外孙女收养的小泰迪犬。曾随作者跋涉甘肃景泰石林和黄河大峡谷
及河西走廊。后随作者游历福建、江西、湖北、湖南、陕西、东北等地。

童　趣

曾忆故乡草甸宽，牵牛赶犊嬉追攀。

兴来挥棒当枪舞，闲罢扑莺学会拳。

口弹竹篾拔玉柱，手编花卉戴茜冠。

皆因命达催发皤，唯此童忱释笑颜。

二○一七年七月三十一日

八一情思

枕戈达旦未离鞍，后羿紧绷弓弩弦。

犀目窥穿恶蛟动，亮耳细辩毒狼喧。

轩辕心荐安疆志，壮士断腕守海关。

怀梦九十年内事，神州永靖万民安。

二〇一七年八月一日

玉皇阁王运奇医药文物收藏展

中医文物展玉皇，白露轻霜气未凉。

针灸传承观艺胆，象书披阅览奇方。

回春万古华佗手，驱疾千年内经汤。

集萃医林彰圣典，泽民济世惠流长。

二〇一七年九月八日

观电视剧《一代枭雄》感赋

一代枭雄旧有名，回龙场里足先登。

商圈有意封殷户，善举无因遭冤惩。

魂断姮娥犹续梦，情连乡梓践初盟。

英雄逝去意难尽，泪洒秦川魂魄惊。

二〇一七年九月十八日

中秋酒泉赏月

西口寒云聚河西，郁园揽胜擢凉飔。

韶音已兴看碑记，笑语方酣睹左枝①。

浮涌馨香色黯淡，浸撩淑气碧参差。

寻思明日东归路，圆月容玩愿夜迟。

二〇一七年十月四日

①左枝：酒泉人民公园有多株左公柳，枝繁叶茂，堪称一景。

寄梦棣萼

愁情一缕寄霄云，每近佳节独忆兄。

目断秋云积霭路，梦中棣萼又寻亲。

二〇一七年十月十日

中秋夜与芳兰表妹话别

肃州相晤亦情伤，阔别卅年鬓色苍。

冉冉光阴推日过，频频生计升斗忙。

时间总在酒杯逝，光阴犹存呓梦长。

絮语叨叨嫌夜短，归程折柳柳蒙霜。

二〇一七年十月四日

记肃州中秋节宴会

十五玉泉①欣远逢，欢情萌动笑声频。

珍馐美膳酬秋夕，醇酿茗茶慰至亲。

难滞憾情摇落客，犹增圆月挽留心。

丰席散后寻归路，水远天长临歧暗。

二〇一七年十月四日

①玉泉：古代酒泉的别称。因此处地势平坦，气候较温暖，水质优良而得名。

致书堂

幼年结舍塔洼陬，出入涧阿①尚草丘。

归牧云托霜露雨，散学月映稔禾秋。

行藏总在褰帷举，致仕方能夙愿酬。

珍重尘寰乡党意，鬓发翻忆少年游。

二〇一七年十月十二日

①涧阿：山涧弯曲处。金元好问《除夜》："一灯明暗夜如何，梦寐衡门在涧阿。"

十六位画家为余寿联谊事志

初度①时节气已凉，画坛邀友聚筵堂。

海屋②祝酒方开宴，寿岁才园再举觞。

棣萼激昂情不浅，风期慷慨兴犹长。

华发未许怀幽梦，若泥临歧神更伤。

①初度：初生之时。出自《离骚》："皇览揆余初度兮，肇锡余以嘉名。"后称生
日为"初度"。

②海屋：即"海屋添筹"。旧时用于祝人长寿。清高咏《靖海侯施琢公夫人王
氏六十》诗："龙章日下膺三锡，海屋年来记六旬。"

七五生日述怀

七五庚辰塞上临，亲朋杳至笑声频。

辛盘①犹壮厅堂宴，佳酿难酬棣萼情。

潜运莺华随鬓老，心旌淡泊似壶冰。

掬拳海屋祝杯意，无甚纠结度晚晴。

二〇一七年十一月一日

①辛盘：古时元旦、立春用葱、韭等辛菜做食品，表示返新。清惠士奇《除夕
写怀》诗："辛盘与椒酒，一一亲排当。"

题李净泓先生《江山图》轴

突兀削峰云汉摩，藏春老木秀柯多。

满填谷岫氤氲气，水响琴鸣律吕和。

二〇一七年十一月六日

再题李净泓先生《江山图》轴

云海腾空莽秀冈，秋山万类色苍苍。

仄岩深壑密林露，斜径薄苔茂草霜。

浅咏风亭图画转，和弦伏水梦魂翔。

尽情玩翠谁如我，一纸风光寄兴长。

二〇一七年十一月六日

观画展（二首）

　　与良志夫妇参观银川市美术馆王运奇举办的"新时代、新征程、新篇章"暨十六位画家进银川画展志趣。

其一

塞上霜来景更明，应时画展意恢宏。

几股幽水浮菡萏，半壁秋山落堰泷。

过岭飞鸢擒昊汉，奋蹄老骥跃虚空。

烟升遥渚溶寒水，华馆图韵幻影踪。

其二

展室延伸数道牌，朱泥彩画景密排。

波连琼岛通御海，色映落霞缀苑台。

方案纸陈丹色魄，画框笔走墨韵才。

尺幅寓景皆惊羡，疑似瑶池盛典开。

二〇一七年十一月十日

自绘镜心《舒目图》题跋

槐叶惊秋冷露残，深崖湍水日潺湲。

仄石坐晚舒昏目，看取沉渺胸次宽。

二〇一七年十一月二十日

吴山书院与同窗邦杰相晤

吴山相晤岁将淹①，复岫彤云朔气旋。

皓首霜侵疏老鬓，清茶茗映焕童颜。

同窗总忆六年②梦，人世常思半世缘。

寥落频频同旦暮，企传网讯报平安。

二〇一七年十二月十六日

①岁将淹：岁末。唐李白《题东溪公幽居》诗："杜陵贤人清且廉，东溪卜筑
　岁将淹。"
②六年：作者与彭邦杰从沙塘初中至隆德高中同学，恰好六年整。

儿时回忆

孤影青灯引线长，母缝寒袄倚风窗。

饥儿土炕偎膝卧，夜半犹急早试妆。

二〇一八年一月二日

咏快递

华街狭巷走飞鸿，件件邮封递送匆。

即使夜深人去后，雪疾风厉往来重。

二〇一八年一月九日

赠晓鹿

友人离去近黄昏，塞上此时冬正深。

楼角多留晴朗日，风窗少有絮飞春。

封衢玉粟①添愁绪，侵体寒威滞弱身。

宿室频频思旧事，言辞凿凿善谕箴。

二〇一八年一月九日

①玉粟：雪花。

聚　会

岁底凤城朔气频，挚朋聚首正雪晴。

还如往日殷殷意，更尽今朝眷眷情。

筵上腻膻勤对酒，桌旁喝令再斟茗。

平生自慰无阙事，耆岁又矜逸兴盈。

二〇一八年二月四日

为深圳姑母及表弟饯行

春风盈塞送微寒，聚宴湖城兴倍然。

旧雨故亲谦让座，远朋属友颂吉安。

客殷主恳杯醇美，鱼细饭香菜嫩鲜。

又是一年相聚日，觥杯交错辛盘添。

二〇一八年二月九日

守岁（二首）

其一

声声竹焰岁将淹，除夜宵阑①春晚喧。

万姓围炉迎戌岁，春风平淡又一年。

其二

竹燃除夜寐无成，满室频添笑语声。

披袄前厅才坐定，电视火爆唱大风②。

二〇一八年二月十六日

---

①宵阑：深夜时分。清高咏《长歌行赠匪莪先生》："梅家兄弟亦来会，宵阑
  每共灯烛光。"
②大风：指汉高祖刘邦《大风歌》。

观兰州市戏曲剧院晁花兰主演《阴阳河》

剧场声静起哀音，幕启惊呼蹙眉颦。

长袖蛮腰跟乐舞，细喉曼曲伴韵吟。

冤魂凄楚阴阳界，厉鬼寻仇地藏垠。

天地咸知衔正气，秉持公道气长存。

二〇一八年三月二日

住　院

　　是日清晨，我心脏病突发，长子立奇领我去宁夏医科大学附属
医院住院。口占一律。

岁首疾来入医宸，病区患满觉胸闷。

眩晕脉堵栓成块，房颤压升气息沉。

人世春花无意赏，镜中鬓影百愁臻。

神缺难有儿时趣，阅岁①须调旧气神。

二〇一八年三月七日

---

①阅岁：经过一年。明文徵明《送嘉定尹王君赴召叙》："盖君自戊辰入官，
抵今六七阅岁。"

患者自述

医榻药窗往返频，疢疾常染苦赢身。

人缘久废无尘念，大病犹存乞药心。

羞涩囊空无膏润，畏接冷眼滞愁鼙。

求医多失庸夫手，不治只查走过门。

二〇一八年三月十九日

与平湖同学短叙

风绽春花霜霭弥，初升阳律露花滋。

与君寒舍一席话，胜却蜗居十载思。

博识勤思缘性惠，析疑解惑赖勤咨。

塞结活水①智能怨，书帙勤开未为迟。

二〇一八年三月二十日

①活水：出自朱熹《观书有感》："问渠那得清如许，为有源头活水来。"

平湖问疾

君自西郊探吾疾，春风送爽伴凉飔。

消息独占神交讯，祈愿几番故旧知。

问病常辞劳顿苦，剧谈①更怯语出迟。

杯茶尚热人离去，空余站台怅惘思。

二〇一八年三月二十日

①剧谈：畅谈。晋左思《蜀都赋》："剧谈戏论，扼腕抵掌。"

风情园赛马失约致友

友自新城传邀函，春园赛马况空前。

奈吾身累负君约，盯目①西衢亦怅然。

二〇一八年三月二十日

① 盯目：远视。

劝 学

泓流半亩塘，黉馆活水臧。

凿壁萤光逝，程门凝雨①香。

焚膏②缘性慧，弦唱③泮韵昌。

痛弃智能怪④，俊才应梓乡。

二〇一八年五月二十四日

①凝雨：雪花的雅称。
②焚膏：即"焚膏继晷"。唐韩愈《进学解》："焚膏油以继晷，恒兀兀以穷
　年。"膏，指灯油。晷，日光。后以"焚膏继晷"形容夜以继日地学习或工作。
③弦唱：古诗皆可以配琴瑟等乐，歌咏诵读，称弦颂、弦唱。泛指礼乐教化。
④智能怪：指手机上网。

中秋节携妻女于酒泉芳兰表妹家做客

半帘稠雾日夕浓，总觉与家无甚同。

举步寻衢逛闹市，推窗赏月鉴虚盈。

进食满上膻荤宴，拉呱时勾竹马踪。

小饮归从亲谊意，临歧似觉眼蒙眬。

二〇一八年五月二十九日

画家李洁女士为余作《有鹿图》补题

嘴衔白芷卧笤岩，翯翯松风阵阵寒。

深涧秋暝空谷冷，浅滩溽暑清霜添。

侵暝幽壁逐夕日，随影湍流泛瀑泉。

任尔狻猊时觊觎，人间献瑞乐陶然。

二〇一八年五月十三日

傍晚与全胜、良臣、明珍、玉中游滨河新区

沙水迷楼暮霭重，流泉阔坝径殊逢。

衣香过槛鱼翻影，笑语穿林鸟送声。

月染霓灯留小景，云溶夜火话良辰。

兴游未尽同行意，川馆共餐旧雨情。

二〇一八年六月九日

与村民于镇上观秦剧名角尚小丽
演出《周仁回府》

路悔豪门咒返程，宦途涉险浪尖行。

殉节志士轻生死，取义蛾蠿不胜情。

叔嫂夜逃林樾静，鳏夫寻友棒刑惊。

松冈月黑冢碑恸，泪目哭杀台下丁。

二〇一八年七月四日

故乡消夏

早把素心①托逝年，频频继晷梦将残。

人来酹酒邀明月，客至忙炊进素盘。

化境民风仍质朴，传宗家训益恭谦。

村栖殊觉消时好，纵兴清谈尽夜阑。

二〇一八年七月二十日

---

①素心：本心，本愿。东晋陶渊明《移居二首》其一："闻多素心人，乐与数晨夕。"

喜闻侄孙读研

侄孙笃志勇登攀，志入拿云①腹笥②宽。

十载寒窗初试剑，弱龄擅誉克春关③。

二〇一八年八月五日

①拿云：上干云霄。喻志向高远。唐李贺诗《致酒行》："少年心事当拿云，
　谁念幽燕坐鸣呃。"
②腹笥：笥，书箱。比喻腹中的学问。
③春关：唐代进士入选在册叫春关。此处指考生录入高等学府。

寄伯牛先生

荫成桃李①满园春，空谷足音②众所崇。

数卷志书彰奕世，一宗邑典荐方旬。

久播弦唱传仪化，欣染丹毫跃蛰龙。

齿颊冰霜③聆睿智，乘车戴笠④旧雨盟。

二〇一八年九月九日

①荫成桃李：即"桃李成荫"，出自《韩诗外传》卷七。后世多以此典故借指门生、弟子或举荐的人才众多。

②空谷足音：比喻难得的音信或事物。明汤显祖《答王相如书》："足音空谷，乃有相如。"

③齿颊冰霜：形容谈知识、论世事激昂慷慨，见解深刻，使人感到满足痛快。宋刘过《沁园春》："谈兵齿颊冰霜。"

④乘车戴笠：古歌谣《越谣歌》："君乘车，我戴笠，他日相逢下车揖；君担簦，我跨马，他日相逢为君下。"后用以比喻友谊深厚，不因贫富贵贱而有所改变。

赠无闻先生

不恋优寓耗时日，砺志求通未等闲。

聪慧茗浮蟾殿月，博知笑纳晓暾①岚。

课徒授业传宏道，奋笔书丹濡翰缘。

德隐清门②真吾在，常谙旧雨俊人圈。

二〇一八年九月十五日

①晓暾：早晨的太阳。
②德隐清门：即"清门隐德"。指施德于人而不为人所知。清高咏《述祖德篇》："清门隐德，为世所珍。"

重阳夜宿郑州，翻阅《河南府志》有感于中州孝善文化

中州孝悌久传承，一脉遗德世所称。

桓景携家消祸患，度叔望汝闵心恒。

漆雕采耦师无恙，苏氏壶德贞孝诚。

孝善文化长衔忆，袖怀应愧侪辈翁。

二〇一八年十月七日

记中书协理事王文杰将军为余七五寿
即席书"寿"字幅

久仰君才贯古今，耕耘奎壁士人躬。

尘稀方案字韵雅，风静明窗墨味浓。

报国戍边擎夙志，结缘掸管获殊荣。

临池聚会榜书"寿"，椽笔飞啄透纸功。

二〇一八年十月十五日

示晓鹿友

暮生凉月野朦胧，衢陌独行思未穷。

少壮皆消微尚①志，老来无意总衔觥。

诗出胸窦味嫌淡，情涌网波兴正浓。

雏句恐贻千古笑，苦甘约略与人同。

二〇一八年十一月二十五日

①微尚：微小的志趣、意愿或志向。南朝宋谢灵运《初去郡》："伊余秉微
尚，拙讷谢浮名。"

读柳公书堂《雪诗》并寄

手捧雪诗喜欲狂，感时嗟道兴犹长。

风尘心随思童趣，云雁意为忆梓乡。

未泯童心常叙谊，频添大岁百结肠。

耄耋归梦儿时路，沙转风移景愈茫。

二〇一八年十一月三十日

赞神舟探月

神舟奔月路犹长，破雾穿云访上苍。

凝目摄得蟾背影，辟出人类二故乡。

二〇一九年一月三十日

晓窗梅

惯把插花搁客几，哪得馥郁沁心扉。

时愁岁底无长物，窗外风枝似绽梅。

二〇一九年二月一日

新　春

腊冬日暮朔风森，刺目竹花耀眼昏。

楼下人声杂乱涌，始知闾巷又闹春。

二〇一九年二月四日

三叔谢世十四周年祭

辞去公职早逸休，神姿矍铄陌居幽。

躬耕垄亩稼禾忙，暇览圣辞日月悠。

烟冷火炉寒岁夜，叶黄菊圃小园秋。

胸襟恬旷①堪终老，西去化鹤②德范留。

二〇一九年二月

①恬旷：淡泊旷达。晋张华《答河劭诗》其一："恬旷苦不足，烦促每有余。"
②化鹤：成仙，后多代称去世。晋陶潜《搜神后记》卷一："丁令威本辽东人，学道于灵虚山，后化鹤归辽。"

乙亥正月初即景

贺兰风絮逐尘频，塞上春寒野霾侵。

树泛青渣梅绽蕾，河浮碧霰水凝璘。

心畅自觉朝暾好，情醉每因浊酒醇。

漫步闹区观市井，繁忙榷肆品牌新。

二〇一九年二月十二日

访无闻先生

新春访友正冬深，日月蹉跎忆峥嵘。

学谊生涯常堪念，世途光景去留匆。

莺华潜运随皤老，荣乐人生过眼空。

愿共岁华^①春永醉，苍颜蔗境^②与君同。

二○一九年二月十二日

①岁华：犹言岁时。南朝宋谢朓《休沐重还道中》："岁华春有酒，初服偃郊扉。"
②蔗境：喻老来幸福或处境逐渐好转。

记梦犹存椿林踪

少年乐事远追寻，避暑椿林梦亦慵。

藤榻危拴长叶树，波扇招冷盯苍穹。

小人书掩蒙童面，野曲腔滑吼昊空。

最是兴来荒诞事，为摸小鱼撵蛙踪。

二○一九年二月十三日

闹上元

走街穿巷兴攸欢，社火攒堆闹上元。
翁媪蹒跚追嚣影，彩车循道又逢站。

二〇一九年二月十九日

湖城元宵节

娇寒倦暖大河原，日丽边郡霁色妍。
阳律初萌春冉冉，冰节正盛夜年年。
灯谜杂耍狮龙舞，竹焰百嬉幻影翻。
节候不殊春色异，童心留取作葛天①。

二〇一九年二月二十日

①葛天：即葛天氏。传说中的远古帝名或部落名。《吕氏春秋·古乐》："昔
  葛天氏之乐，三人掺牛尾，投足以歌八阕。"

春　晓

冰轮蟾月霭云封，园苑疾飞半夜风。

障目晨岚图画满，破寒晓霁野岸逢。

俗诗冷暖拙夫梦，率语缓急旧雨盟。

荧幕静观横斗柄，煦风东气袖怀盈。

二〇一九年三月十七日

广场舞者

东风袅袅绿杨飘，靓女甜歌间巷嘹。

步慢拍扬频转首，臂摇调冗缓舒腰。

笑鼙时教路人见，舞伴常留过客邀。

队列整合人立定，宛如娥女聚琼瑶。

二〇一九年三月十九日

宁夏医科大学附属医院（二首）

其一

医境远尘堙，楼台断陌阴。

桃花红里艳，苑柳碧中莹。

馆舍平台峻，诊科曲叠惜。

百疾缘圣手，人寿葆康音。

其二

医府与城雄，楼台宕日宏。

亭丰葩卉艳，月朗柳枝重。

病室愁中窘，白衣忙里恭。

心灵相契约，康复葆和雍。

二〇一九年四月十七日

吾兄暮况

荣乐人生过眼云，尚平磊落一俊人。

公安给养十三县，案讼刑侦理百纷。

腿痛三时心脉堵，胸闷五夜形神昏。

堪怜迟暮风烛影，永夜呻吟达晓晨。

二〇一九年四月十七日

医院即事

患者求医手续多，排号缴费几蹉跎。

寻诊科室诘疾况，逃热机房检病魔。

人走人推如脉涌，车行车塞硬消磨。

医窗早贬黄金价，愿莫频来哭奈何。

二〇一九年四月十八日

惊闻吾兄大病手术失败

身世消磨已沮然，夺命大病势趋难。

怆情已著连丝泪，悲恸偏拥闭气痰。

平日酒翁曾不倒，刹时躯体致身残。

故园陌路归何计，孤影飘蓬离恨天。

二〇一九年四月十八日

伤　逝

西望长天玉屑威，吾兄逝去怆情悲。

牢愁日日供皤乱，悲泪时时伴砬飞。

举箸每食先哽咽，斟杯才饮更崩颓。

离魂有路云千迭，历历垂寻泪又催。

二〇一九年四月十九日

家兄小传（二首）

其一

磊落人生一世雄，游离生计叹浮萍。

稻粱谋略伊犁度，勤政褰帷边塞宁。

脉堵腊冬体魄冷，腿疼深更志神凝。

悲凄缕缕终无补，欲去烦思亦怆情。

其二

心扉掩抑苦未通，日月坎坷记萍踪。

情势促离西口外，行藏总在梓民中。

千杯清酒诸天静，五夜归魂万事空。

手术方台声已已，重愁潜和涕沾巾。

二〇一九年四月二十日

读杨新才先生《宁夏农业史》感赋

笃志修农披百史，年华耗去几多时。

问津执道集纲目，正本清源理灼知。

五夜伏台灯伴影，三年删稿笔剔疵。

不待同谊求先睹，宏著争传黎庶痴。

二〇一九年四月二十日

病　遇

住院其间，病况颇多，遂吟病床组诗以记之。

重疾

窗柳吹丝风絮残，呻吟病榻鼻声孱。

夕阳腕腕微灯暗，面影飞黄只几天？

病廊

微灯弦月复昏明，廊道人急身影重。

可叹亲属得疢病，大夫可有挽天功？

抢救

医榻卧疾志若惊，隔床患者已身冰。

大夫莫是勤救助，又个阴魂随限星。

手术

突来急病心欲摧，病榻呻吟气觉微。

手术根除疾疴泪，耄龄福履保庚绥。

添痃

僵卧医床事觉难，病人呻唤我心烦。

惊风抽搐声无应，赢体难支虚愈孱。

泪痕

春寒鹊噪扰疾身，邻舍陪床拭泪痕。

护士搁盘神色促，终究难挽膏肓人。

辒归

春花凋谢柳绵飞，灯影飘摇魄影归。

同是一段医府路，素辒经过泪奔催。

二〇一九年四月二十三日

造影手术后

手术单出事觉难，脉流半堵病身孱。

去疾药丸凭力猛，健魄精神籁志坚。

莫再过从神情颓，不能纵肆心意烦。

笑看迟暮稻粱客，欣对夕阳意适然。

二〇一九年四月二十四日

悲 悼

兄长马鬣瘗弓城，殡馆哀乐伴悲风。

痛绝难舒愁目泪，泉台遗恨梦中逢。

二〇一九年五月二日

杨堡观戏（四首）

应于小龙先生之约，携妻女去杨堡村看甘肃省秦剧团团长、梅花奖得主宴凤琴主演秦腔折子戏《三娘教子》。

其一

追星杨堡戏初酣，台上名伶泪目潸。

绝唱声蜚秦陇上，姝容留驻戏迷间。

仰脖观影随台角，低首忆词涌嘴边。

凄厉哀声蠮粉黛，看官温故似曾谙。

其二

鼓乐声喧骤似麻，蠮鼙粉黛戏场哗。

愁容缓释机杼弄，心事频增怨气发。

情乃胸出循吕律，戏从心动品笙箬。

丰姿褒奖非邀媚，绝唱盈耳美誉嘉。

其三

阔袖长衫意匆匆，四方台口现愁容。

泪痕深后添晕靥，悲怆重时百虑空。

唯把箴言酬少孤，怎能斗气损贞衷。

苦乐但葆高格调，机累梭忙育少侗。

其四

翻思情世少妇贞，紧扣梭杼抚孤昆。

泣血悲来增潸烦，毁机怒罢释温仁。

看台旌褒无厥事，当代啼颜应有人。

归于娇儿扳欢处，可能三娘又谕箴。

二○一九年六月六日

与窦氏父女①进餐

山市酒旗日渐斜，宴厅客至室生花。

风期侃侃情如旧，慰藉绵绵意觉佳。

兴起浅斟吟落日，醉来低唱咏流霞。

重游故地滋浓兴，千古名优娱万家。

①窦氏父女：窦凤琴携八十三岁的父亲窦福民同来隆德。其父曾在隆德演戏十多年。窦凤琴姊妹曾就读于隆德中小学，并参加校宣传队多次演出。

沙塘镇艺术节看张兰秦主演《二进宫》

声似洪钟目似棱，纵横剧界擅清名。

声腔久匹净魁誉，德艺仍传宗正风。

燕市悲歌歌慷慨，阴山探冤冤魂惊。

恪勤演绎人间事，总把挚情献梓民。

二〇一九年六月十五日

沙塘镇十四届文化节

八日秦腔始望开，千头攒动仰高台。

心旌一旦开扉闸，台下低吟配角才。

二〇一九年六月二十三日

家姐辞世一周年祭

陟屺^①悲情整两年，几曾凝目望九原^②。

幽云不散寒坰^③冢，岭树常阴翠葆颠。

一世辛劳才息倦，终生重担永离肩。

秋风吹雨常垂泪，遥寄哀思一泫然。

二〇一九年七月十四日

①陟屺：登山。有草木之山为岵，无草木之山为屺。《诗经·魏风·陟岵》：
　"陟彼岵兮，瞻望父兮。"又："陟彼屺兮，瞻望母兮。"后以陟岵、陟
　屺，喻思亲。
②九原：墓地。
③寒坰（jiōng）：寒冷荒凉的野外。明郑若庸《玉玦记·赏花》："朝云何
　处？空怜草宿寒坰。"

与运奇三舅观海南画院院长阮江华
作《水廊图》

琼州巨匠莅书院，彩笔挥来云水翻。

海口青涛出岫嵝，大洋碧水涌礁岩。

珠浮海浪云槎转，霁满椰峤鲛泪斑。

塘坝水廊缘绿绕，渔村竹舍隐丛丹。

二〇一九年八月二日

参观海南画院院长阮江华画展并观其现场作画（二首）

其一

海南风貌植六盘，山也清来水也蓝。

蔽日茂林晴带雨，凭空葱岭暗浮烟。

红棉夏醒虹峤艳，椰树秋蘪海水浛。

接岛清波舒远目，悦人秀色几撷还。

其二

画坛名匠濡青丹，写尽南国万座山。

海岛风高流韵广，鱼礁舟快月星繁。

尺幅椽笔寻幽景，水域江花濡梦缘。

佳景绘到惊魄处，海疆潮啸涌波澜。

二〇一九年八月三日

观中美协理事郭震乾画马

神来管影现纷呈，龙马奔腾跃西东。

双目看穿尘规道，四蹄踩尽月流空。

乐章已许心旌奏，壮志多为事始终。

天马行空神不老，浩旻无界自留踪。

二〇一九年八月十九日

秋　夜

霜露清寒夜未阑，荧屏关后月轮残。

莫辞樽酒人初醉，盆卉飘香满室丹。

二〇一九年八月二十八日

南　行

晚年游兴在南方，万里扶摇太虚翔。

世事营营人皆累，春阴淡淡蝶匆忙。

常惊杏雨残荷梦，时惦吴勾南海疆。

唯恐人讥翁鄙俗，随行拍景似存粮。

二〇一九年九月五日

隆德书院观汤立先生作画

年近古稀情洒然，临池展卷濡墨丹。

松风过纸幽林秀，浪击苍鹰欲擎天。

二〇一九年九月九日

观汤立作《苍鹰图》

水墨交融海气吹，万般灵性尺幅飞。

鹰叼候鸟群禽遁，鱼入深潭浅浪归。

老辣苍茫成崛趣，天成朴茂展豪奇。

情韵流转出哲理，拾贝艺林窥劲威。

二〇一九年九月九日

眺

独坐高楼眼觉宽，情思飞动意翩翩。

风轩自是明胸处，广厦摄得千万廛。

二〇一九年十月十八日

时装改革

怪样衣着扮式新，不类不伦耳目淫。

盛世频添清目景，装束理性应戒矜。

二〇一九年十月十九日

荧　屏

霜飞日暮朔风飕，入夜轩窗灯影柔。

又刷屏中局外戏，蛟鼍闹海使人忧。

二〇一九年十月二十一日

皋兰忆友

深院清寒冷露滋，门庭踱步濯凉飔。

秋衣早蜕微温减，冬袄裹身增热迟。

薄酒易勾成记忆，恐寒难忘皋兰思。

塞天尘网连千里，短信频传犹觉痴。

二〇一九年十月二十五日

游　目

莽荡①寒风送寒阴，序时塞上未冬深。

转悠郊外恣游目，作响幽林鸟送音。

二〇一九年十一月一日

①莽荡：空阔辽远貌。清涨铨《观无字碑一绝》："莽荡天风万里吹，玉函金检至今疑。"

小园妆梅

呵气冲寒踱水隈，秋光逝去拽难回。

九花憔悴香风淡，塞草蔫黄冷气飞。

赢马避寒经霰冷，轩窗留梦迂霜微。

何须再觅晴云秀，是处小园快缀梅。

二〇一九年十一月八日

闻长女订下月中旬新、马旅游团票，甚喜，赋七律一首

行程南海浩泓湾，忐忑心旌又半悬。

怎敢微情滋远意，焉抚赢体再飞攀。

海国云渺水天远，异域花稠翠岛旋。

人世洒脱无迟暮，晚年寻景眼犹宽。

二〇一九年十一月十一日

一九八四年文物普查记事

静中翻忆文普时，初涉疏岗广询咨。

昼访遗存昏日晚，夜筛古董月来迟。

齐崖壁隙掘石磬，农院促膝访耀瓷。

快意生涯多有忆，暮年情趣总时痴。

二〇一九年十一月十五日

寒　夜

敧枕轩窗夜色沉，万灵皆寂寒流升。

三冬月冷霓灯暗，半夜雪晴风浪封。

热逼柴炉生薄汗，寒辞衾被扯呼声。

雷车①惊梦嫌宵短，大暖人生岁月丰。

二〇一九年十一月二十二日

---

①雷车：此指室外车多声大。原出唐李商隐《无题》："扇裁月魄羞难掩，车
走雷声语未通。"

岁初夜（二首）

其一

年初时有爆竹盈，人散长街市已宁。

户户围炉看春晚，路灯寂寞独自明。

其二

电火炮花逝浪空，弥天雾气汉云冥。

欲行咫尺犹驻步，闪灼霓灯刺目惊。

二〇二〇年一月二十八日

除岁（二首）

其一

新妆桃符岁华临，俄叹年关疫讯频。

冠沴①初滋荆楚地，灾情迅漫九州云。

千家顿失新春趣，几处疏空聚客音。

日日小窗千遍祝，荆襄无恙渡厄津。

其二

漫将年尾注愁河，九域同悲奈若何。

汉口门扉加铁锁，荆襄楚泽封玉珂。

关河东去风犹暖，塞上春深朔气遮。

短讯时时寻锢解，今天是否有公车②？

二〇二〇年二月四日

①沴：灾害。
②公车：公交车。

致文科先生

先生恬旷性仁敦，泮馆菁莪^①慰平生。

新县课徒无溽暑，方台阅卷忘寒更。

欣欣风骨哲人貌，脉脉谦容高士风。

嘉言懿行侪辈范，清门德隐有贤声。

二〇二〇年二月十八日

①菁莪：《毛诗序》谓："《菁菁者莪》，乐育材也。君子能长育人材，则天下喜乐之矣。"后以"菁莪"指育才。

春　光

风绽青杨比散丝，山川绿萼欲放时。

春梅作色枝干秀，冻土初芽萼讯驰。

淡去冠疾人露面，启开街市贾辖司。

公私企业无慵困，经济激活展硕姿。

二〇二〇年三月十六日

冠疫初去

恣掠瘟灾才逝去，江山劫后景还来。

绒黄杨柳显寒嫩，细软和风绣绿苔。

百姓欣欣寻就业，万家款款乐噙杯。

长街短巷人流满，朗朗乾坤阴翳开。

二〇二〇年三月十六日

卧 榻

优游时日寓身闲，赢体孱颜逊去年。

气怯心急搏脉缓，神缺身累步维艰。

病窗日日空冥望，卧榻时时伴疢眠。

护士进出勤测检，心头略减病中烦。

二〇二〇年三月十八日

住　院

院部风来乱愔愔，窗枝鹊闹聚烦音。

匆匆化验日将晚，累累甄查月又临。

流感频频集疢症，脉搏处处验疾因。

何时摘罩妖氛灭，朗镜晴天众所欣。

二〇二〇年三月二十日

医院一瞥（二首）

其一

病人求治检测难，队伍长排试过关。

身后人拥声不断，夕阳影里泛孱颜。

其二

恶疾顽劣集体弱，医院门开患者来。

科室进出白衣影，药房窗口队长排。

二〇二〇年三月二十一日

看电视诗赛

荧屏才启赛诗才，云影天光任徘徊。

千古骚文成绝唱，多轮魁首荐平台。

接音联句谁能迅？对试搜肠语未塞。

老叟情融痴吃梦，苦吟夜月兴悠哉。

二〇二〇年四月十六日

观无闻先生草书四屏

宏联缘壁亮厅容，寒舍增辉气羡雍。

泚笔翩翩飞管影，墨毫唰唰濡书魂。

窥窗透帐千重草，出雾入云万道虹。

字健源宗钟索①圣，屏条细赏味醇浓。

二〇二〇年六月十五日

①钟索：三国魏书法家钟繇和西晋书法家索靖。

再寄晓鹿君

鸿爪雪泥几觅踪，回思怅叹逝波穷。

人前振裳惭形悴，福泽薄分名利空。

耘米常嫌劳顿苦，读书难效凿壁功。

风期慷慨音书在，迟暮年华气自雍。

二○二○年七月十四日

与小姑妈、二表妹登六盘山
红军长征纪念亭

六盘风漾绿幽峦，纪念亭出青汉①巅。

谷锁烟霞霾雾冷，溪穿沟涧水沤寒。

危峰廊馆衔暝日，悬嶂红旗荡彩岚。

芳草欲迷沙径路，袖怀仍觉朔风旋。

二○二○年七月十五日

①青汉：青色的银河。这里指天空。唐贾岛《送穆少府知眉州》："剑门倚青
汉，君昔未曾过。"

记表弟银富夫妇深圳来访

盛暑门庭向日开，鹊声报远表亲来。

煎茗旺火一壶水，酌酒肴盘几盏杯。

热语嗑聊无俗气，阔论褒仰任情裁。

日斜午后天将雨，客盼出游露涤霾。

二〇二〇年八月二日

记德林、无闻先生书院相晤（二首）

其一

风歇葱脉絮飞扬，吴岫雨晴约同窗。

良晤不耽偏日影，深谈从教假茗觞。

兴来泮馆三径转，聚罢丹厅几徜徉。

散朗高情旧雨好，秋花摇曳兴犹长。

其二

书斋幽寂雨消沉，网讯呼朋约故人。

世态熟谙知冷热，神交默契觉清纯。

风疏陋室寒窗冷，水浸妍园热语馨。

叙旧吴山情觉好，百叠级道伴归尘。

二〇二〇年八月十二日

七夕怨

夜月凉生雾霭寒，七夕牛女泪蝉联。

明姿脉脉云霾隐，幽怨凄凄意态绵。

凉露语急他日恨，冷霜娇哭此时煎。

机缘夙愿同微梦，分秒争来慰片欢。

二〇二〇年八月二十七日

七夕（二首）

其一

浩浩霄空月半秋，灵鹊传恨意难酬。

等得越岁轮回见，牛女又多几缕愁。

其二

关心蟾影夜来迟，牛女鹊桥应会时。

瀛海俯视光世界，惊涛风逐影飞驰。

二〇二〇年八月二十七日

看新编历史秦剧《班超息兵》

夷地驻情抚域邦，卅年胡月几蒙霜。

龟兹沙袭阴风起，疏勒风摧淫雨狂。

载笔身轻入梁苑①，衔枚气正进蔡疆。

悲歌燕市歌慷慨，边靖戈藏黎庶康。

二〇二〇年九月二十六日

①梁苑：也叫梁园、兔园。汉代梁孝王刘武所造，故址在今河南商丘东。此指
　班超游说西域诸国罢战和邻、发展经济之举。

商　讯

秋熟城乡经贸开，贾商复市喜为怀。

激活经济融丝路，脱去贫穷聚硕财。

五G悠悠寻睿智，飞船凛凛上蟾台。

惠民国策顺民意，入兴风烟化雨来。

二〇二〇年十月八日

寿宴归来

宴归欹枕夜沉沉，机吼车鸣聒耳闻。

自省酒疼非惬适，顾怀情醉难悠敦。

老来易忆沧桑事，秋去常惊病里身。

空叹无欢成独笑，相从翻梦又凝神。

二〇二〇年十月三十日

夜　归

淡月轻霜叶乱飘，疾车归里路迢迢。

轮胎夹带千衢土，排座常乘几髦髫。

跑遍江湖无寂寞，阅来世事荐神豪。

商机联谊多雍悃，心事弗尘不惮劳。

二〇二〇年十月三十一日

看陕西扶风文化和旅游局编演
纪实秦剧《喜铃》

秦山秦水颂喜铃，致富征程夸俊人。

夫祸难摧发奋志，砸车①未泯富民忧。

常怀忧患恫瘝事，唯淡顽疾病弱身。

总把真诚彰大梦，胸藏关爱践良箴。

二〇二〇年十一月三日

①砸车：喜铃夫亡后，喜铃独撑一家老幼生活。她是村主任，常不分昼夜，骑摩托车出外为村里办事。一次雨天外出，车翻人伤。婆婆气愤至极，砸了喜铃摩托，但也未能阻止喜铃为村民办事致富之行。

看新闻有感

月清寓冷风窗静，寒鸟霜枝僻院幽。

又度视屏初更夜，云谲波诡怄蟠头。

二〇二〇年十一月十五日

看隆德书院皮影剧社演出

秋花飞谢气凝寒，尘虑又消半日闲。

古戏杂陈演缤纷，革皮剪影舞联翩。

十指捻动兵百万，单眼演出戏三千。

寓教于乐随针砭，亮台教化与民传。

二〇二〇年十一月二十日

寒宵吟（四首）

其一

满城明月漾银波，楼角飞霜倦目遮。

旧梦浮香惊幻影，华年将逝叹奈何。

早恹惰性黄花约，曾误倔情望月嗟。

卧醒风声犹聒耳，轩窗霾起又闻歌。

其二

寒气侵窗一夜风，瓦檐飞霰晨霜蒙。

倦栖暖榻无薄汗，卧醒重衾才五更。

鹊鸟惊巢留小恐，犬绳抖桩吠急声。

梦香断续神同醉，蟾月光微悟亏盈。

其三

窗外风急通宵泠，长街霜霰送寒阴。

边城迁徙居无所，是处情怀约略愔。

流水年华容易逝，稻粱事业任茹辛。

霾薄风定尘飞尽，隔院似闻乡党音。

其四

丛树招风夜月妖，居楼清冷意萧萧。

荧屏潇洒多佳趣，讯网优游净冗聊。

溅玉风鸣听弦唱，裹寒雪吼品笙箫。

复侧莫破衾中梦，赖有帷帘隔市嚣。

二〇二〇年十二月十六日

冬至即兴

巍巍高宇怡慵神，无惮拜冬老病身。

长供药食多自保，每得网讯有戚忧。

梦中荣耀身渐弃，杯里光阴自缓斟。

人世荣华无俯仰，日窥苍岫影不沉。

二○二○年十二月二十一日

记　访

冬至后一晚，临潼皮影公司经理吕兴利来访，窗外寒风凛冽，客人甚惊恐。因记之。

亚岁夕昏又掩关，蜗居西塔意萧然。

客厅踱步嫌格小，屏网接视觉世宽。

风刷霜枝春讯早，雪侵冻瓦素花添。

何声令客生惊恐，冬至风急九愈寒。

二○二○年十二月二十二日

欠 温

寒潮侵野鸟争巢，室冷灯昏夜寂寥。

供暖锅炉常欠火，居民受冻又一宵。

二〇二〇年十二月二十八日

灌 丛

楼傍灌木堪称景，冬至到来失气神。

霜剑风刀严苦逼，干枝萎后尚根存。

二〇二〇年十二月二十九日

夜　梦

霜侵楼影冷蟾寒，旷宇霜飞雪夜阑。

未醒枕衾还续梦，梦中蔗境亦生忟。

二〇二〇年十二月三十日

哀　思

　　入夜，陶瓷巷小区一人亡。院内设有灵堂，亲人往来吊唁不绝于道。感其哭声甚哀，吟诗记之。

月黑云谲朔气威，星河摇落斗偏垂。

凄凄哀乐催鹃泪，缕缕纸灰化蝶飞。

浮世人生悲荣辱，驾鹤过客无是非。

而今终届尘埃定，肠断松冈①故旧悲。

二〇二一年一月一日

①肠断松冈：引用苏轼《江城子》词："料得年年断肠处，明月夜，短松冈。"松冈，栽着松树的山冈。古人葬地多栽松柏。此亦指亡人葬地。

记中国剧协副主席、两度梅花奖获得者柳萍

秦音陇韵唱湖城，艺苑优伶擅盛名。

盈袖春风和乐舞，亮喉夜月伴笙萦。

铮铮功底梨园技，耿耿心旌桃李情。

漫道荣华衔浅意，未遑艺海尽殚精。

二〇二一年一月十六日

大寒春讯

虚幌封窗月半明，今年冬冷宿湿阴。

秃枝裹霰严霜劲，冻土裂缝衢面皴。

刺耳朔风山谷应，腾空沙暴日星隐。

蒌园蜡木①待妆蕾，春讯弃寒阳律熏。

二〇二一年一月二十二日

①蜡木：即梅花。

掌　眼

记泰山关帝庙国家文物局分校古书画高级鉴定班学习。

五月花发岱岳酋，青枝转绿万山头。

丹青古墨惊文苑，蚕纸云笺忆春秋。

承袭画魂千载孤，流丹书韵百家优。

练出慧眼识国宝，云影天光尽可收。

二○二一年三月一日

读书堂先生《感悟人生》志贺

读罢华章望嵝岑，肃清宗尚①令人钦。

金戈伴友茹甘苦，骏马共君赴征辛。

尽耗皤发经卷志，常劳明月世情心。

唯力亦职②梓乡事，茂绩硕德获雅馨。

二○二一年三月一日

①肃清宗尚：谓人所宗尚的崇高品德，令人肃然起敬，此指柳公。杜甫《咏怀
　古迹》："诸葛大名垂宇宙，宗臣遗像肃清高。"
②唯力亦职：即"亦职唯力"。清遗山《述祖德篇》："庶最尔虔亦职惟力。
　念兹在庭，心焉惕息。"

惜糟糠

生活丰腴侣情变，乱象婚姻面面观。

贫贱安命钟伴侣，名归换寓易婵娟。

尾生^①矢志洪波柱，卢渥^②痴迷红叶笺。

无状情场成笑料，糟糠怎弃鸳鸯篇。

二〇二一年三月十日

①尾生：春秋时人，因与恋人约定木桥下相见，突遇暴雨，尾生不愿意移位桥
　上失约，最后抱着桥柱溺亡。指坚守信约的人。
②卢渥：唐代卢渥应举之时，偶于宫墙外御沟流水中得一红叶上题诗，诗曰：
　"流水何太急，深宫尽日闲。殷勤谢红叶，好去到人间。"渥极感动，藏之。
　后宣宗放宫女嫁人，嫁给卢渥的，正是题诗的宫女。

记柳公八旬华诞（二首）

其一

风光盈塞上，客聚宴席喧。

耆宿乐康养，耄龄庆寿年。

以文酬道友，为善荫慈缘。

养拙①承哲训，诸行世路宽。

其二

鹤寿逢初度，筵宴进华盘。

宾友赞矍铄，诸亲颂大安。

举杯思哲理，投箸念幽禅。

海屋相期意，携朋乐余年。

二〇二一年四月三日

①养拙：安守本分。清林则徐《赴戍登程口占示家人二首》其二："谪居正是
君恩厚，养拙刚于戍卒宜。"

县城与村民宴别韩翠斌女士
及凤翔皮影演奏者诸友

鹊报枝头伶坤臻，良朋溽暑莅柴门。

榆林庙会村氛淡，书院影剧风教敦。

聚首有情频对酒，联欢增兴再加飡。

赏心唯有高韵事，宴别更致女仪坤。

二〇二一年五月二十二日

雨　后

夏日追凉到陇西，围峰绕嶂碧波弥。

突来午后连丝雨，四野畴田绿茂蘴。

二〇二一年六月二十日

暮年吟

暮年凡事莫依阿①，未泯心旌岁月赊。

霜染鬓发愁绪尽，露侵羸体痼疾多。

棋秤每每怡兴减，屏幕时时律吕和。

夜月不移常驻景，更携击壤②颂尧歌。

二〇二一年七月九日

①依阿：曲从附顺。
②击壤：古游戏名。壤，器物名。以木为之，形状像履。游戏时，先将一壤
　置地，在三四十步以外，用手中壤击之，中者为上。《论衡·感虚》："尧
　时，五十之民击壤于涂。观者曰："大哉！尧之德也。"后因以"击壤"为
　歌颂太平盛世之典。

聚 会

逃热遗炎避梓乡，追思胶序①忆寒窗。

身份认定情愤愤，前景想来意茫茫。

短聚得侍同皆醉，长谈未竟九回肠。

相逢堪念分携早，蔗境长思颂舵航。

二〇二一年七月十日

①胶序：胶，周代学校。序，商代学校。后用"胶序"泛指学校。《隋书·炀
帝纪上》："优德尚齿，载之典训，尊事乞言，义彰胶序。"

送瘟神

紧锁小区掩疢埃，危楼茂木隐岚霾。

风来尚虑新瘟至，客去还存小恐猜。

日日劫波华佗靖，时时快讯网波差。

国人亿万齐行动，指日瘟神定瘗埋。

二〇二一年七月十一日

喜迎杨公、付女士造访（五首）

其一

杨公携侣访吾庄，雀叫蝶飞兰蕙芳。

亲切乡音勾旧事，欢情笑貌慰同窗。

硕德远荫梓乡土，谦态常留旧雨乡。

满腹经纶承圣哲，绰丰著述证农桑。

其二

促膝农院纳炎凉，蛙唱鹰飞月烁光。

小树摇枝淳淳语，矮篱弄卉淡淡香。

唯心唯术任谈吐，亦幻亦真随搜肠。

频纳高论茅塞启，明师转益又西窗。

其三

日暮清阴凉晚宴，厅堂灯亮上飧盘。

饭粗菜素无兼味，茶淡语频有娱欢。

半世神交情同笃，卅年默契义更谙。

荣乐穷达云烟事，一瓣心香荐寿年。

其四

萧寂门庭日月长，昏晨风骤夜输霜。

亮窗豁孔通新月，敞院圃花纳曙光。

采剪叶枝除病害，躬行垄亩践农桑。

彻聆穑稼耕耘史，欣慰勤分护稔方。

其五

长衢村口送离愁，情掩石桥又悃忧。

病体偏惊晨雨浸，凉衫难御壑风飕。

云合沙塞冗途苦，道绕陇峰长隧悠。

相处惜分离去早，炎州①日烈犹火牛。

二〇二一年七月十八日至二十二日

①炎州：此指盛夏时的银川。

寄著名书画家陈继鸣先生

京畿常忆艺林客，平谷惊赞旷世才。

锁雾云山彰古趣，运椽笔翰咏幽怀。

潜心悟道经纶外，默首参禅哲睿来。

立意程门寻达路，才华雄宕自方台。

二〇二一年八月十四日

再读柳公《感悟人生》

赋闲虚室案台忙，满架经书笥腹广。

静里钩沉辑雪爪，暇时捡贝补华章。

素心永葆荣华外，禅理常存聪睿臧。

物欲难移无我志，种德修福寿绥康。

二〇二一年九月十三日

隆德书院与邦杰话旧

吴岫书屋会挚朋，风开积霭彩云兴。

遍寻锦瑟思学谊，欣抚鸣弦旧雨情。

亦感狷介堪自笑，肯将寡陋对君倾。

分襟默默情难尽，早约黄花再煮茗。

二〇二一年九月二十日

晨　曲

笛音嘶吼晓风残，栖鸟扑枝霜月阑。

邂逅冲天伏地舞，瞬间合聚脊檐间。

二〇二一年十一月二日

守卫南海

南海峤礁又冲寒，恶虬搅浪浩波翻。

贼回鼠眼患机逝，霸掩劣行匪迹斑。

已是涛惊残夜梦，更兼断腕铁戎拳。

戍兵奋勇金瓯固，锦浪汐波诛恶鼋。

二〇二一年十一月九日

看　戏

古调又重弹，笙歌伴影翻。

怡情明哲理，寻趣悟机诠。

有梦巫山远，无缘洛水前。

神颐知造化，品戏娱髦年。

二〇二一年十一月十五日

解　封

疫退气犹清，解封日月新。

出行谋生计，每每获鋆①频。

二〇二一年十一月二十四日

①鋆（yún）：金子。这里代指收入。

卫　海

冷月寒霜夜已沉，荧屏坐守览兵戎。

蛟鼋又搅疆波涌，壮士勠力再屠龙。

二〇二一年十二月五日

喜闻我国研制疫苗多次越海支援疫区国家

回暖初温又乍寒，霜飞冷霭乱晴天。

变株滋漫无由起，新冠频侵再迅翻。

疢讯未来千户控，捷闻合是万家安。

疫苗越海援广宇，救助灾区渡险关。

二〇二一年十二月十五日

看电视连续剧《大秦帝国之裂变》

疮痍山河日曜寒，鞅卿施变挽狂澜。

关心百姓依民愿，抑制豪强刑贵权。

国富民殷尊宪策，兵强基固克函关。

铮铮铁骨坦然去，史册德馨有逸篇。

二〇二一年十二月二十八

看电视连续剧《大秦帝国之崛起》

静掩寒窗启影屏，七雄攻伐泣幽魂。

连横制胜函关暗，合纵功成王室昏。

载誉谋臣长避祸，匿声策士再寻门。

七雄多有经纶手，九鼎终归嬴稷孙。

二〇二二年一月十日

看电视连续剧《大秦帝国之纵横》

群雄交恶任纵横，诸霸争强斗疲兵。

巧舌联盟玩假虞，邦交尔诈会盟津。

狼烟滚滚星辰隐，碧血殷殷草木熏。

俑者弄权惊热土，六雄落拓见强秦。

二〇二二年一月十五日

辛丑末记事

记与书堂、兴才、振学、文科、德林、良志先生及朱旭、张桂珍、柳军英女士辛丑岁末于银川文化城悟珍轩聚餐事。

岁淹电波邀挚朋，诸友聚餐到悟珍。
心归狷介赞同谊，意释殷怀褒谊敦。
吐握忘机嘘冷暖，嗟时论道谕良箴。
深铭庭宴传高论，乞念经年再约辰。

二〇二二年一月二十日

赠书留句

应约为李素婵、路彩芳二位大夫赠《晚晴集》留句。

《晚晴集》册谨封呈，满腹心旌付坤盟。
乞与药奁勤驻景，寻来拙笔呕流庚。
关山明月同为梦，暮雨檐花共剪灯。
工律应修通达意，嗟磨剐蹭颐耘耕。

二〇二二年一月二十三日

咏快递

百货携肩走，风电伴月忙。

物流能济世，买卖赚商场。

气冷风霜骤，车飞脉路畅。

鸡黍劳供给，方便梓民乡。

二〇二二年一月三十日

过 年

年年乐大节，岁岁今朝欢。

桃符门楣鲜，竹花霄汉斑。

家家喧春晚，户户传幸盘。

禹甸东来气①，风携阳律还。

二〇二二年三月二日

①东来气：用老子过函谷关紫气东来典。

沙塘旧庄喜迎伯牛先生来访

日暖风微气濯清，鹊声报远挚朋臻。

通籍文采窥北斗，入仕搴帷羡俊人。

旧雨神交同耿士，书窗道侣共敦仁。

知公吐握兼辞篆，硕绩丰盈珪璋琛。

二〇二二年七月十六日

伯牛先生为余八十寿作《百寿图》轴即兴

感君馈余祝庚轴，百寿翩翩跃室翻。

旧雨新朋欣雅赏，嘉宾属友乐钦观。

人间富贵浮云过，一世辛劳供鬓斑。

逝尽年华成怅忆，若行百寿福绥安。

二〇二二年九月十三日

中秋怨

蟾月传情情益深，银河鉴影影将封。

望穿秋水鹊桥会，会罢鹊桥又吞声。

二〇二二年九月二十日

观隆德书院所藏伊秉绶对联

宏联楹柱足弥珍，朴茂华严气韵惇。

健笔灵文结体稳，汉书榜隶展毫神。

猎存墨宝士人梦，冷暖箴言骚客心。

此联未易人间少，掌眼增知众皆钦。

二〇二二年九月二十九日

悼三弟

故宅惊魂梦吞声，泉台诀别竟喑喑。

音容笑貌留旧雨，憨态挚情慰亲朋。

六十光景消寒暑，一生辛苦付清庚。

回看命达千万事，有梦难回旧门庭。

二〇二二年十二月八日

三弟墓前（二首）

其一

云厚翻霜冷，松冈诉隐衷。

纸燃蝴蝶梦，声咽杜鹃魂。

难忘玄发影，不堪憔悴容。

声消身亦殁，泪目注苍穹。

其二

霜点松楸枯，沙寒野圹茕。

湿烟和泪尽，灰烬没霄空。

声恸亦扬愤，心微难抑憧。

默揖几营奠，寒垧冢台逢。

二〇二三年二月二十六日

看手机有感

百度频频亮网台，天光云影共徘徊。

纵观民瘼求生事，尽睹蛟鼋搅海灾。

徐娘半衰丰韵减，东施碎步效颦乖。

拖腔小贩翻新货，充目优伶拨眼来。

二〇二三年三月八日

惊　蛰

惊蛰阳律动，品物鉴柯枝。

浥露堂霜瓦，输寒院濯飔。

铁犁初试土，冻雨醒春池。

明日寻青去，春山应处痴。

二〇二三年三月十一日

阳律蛰动田家忙

天声①隐隐启蛰②回，阳律徐徐暖日滋。

细草香生得霢露，幽林影动曳寒枝。

哗哗春水灌田早，突突铁犁破土迟。

漫道播耕节气晚，想来女月③滞农时。

二〇二三年三月十一日

①天声：古称打雷为天声。
②启蛰：古代人们把惊蛰称为启蛰。汉代为避讳汉景帝刘启的讳，遂将启蛰改
　为惊蛰。
③女月：古人把闰二月称女月、杏月或令月。

李济堂主任赞

蹉跎岁月贵遗荣，淡泊心旌立仕林。

总把忠诚平错案，绝无私欲损真纯。

不思沽誉求峨冠，独粹恪勤修懿仁。

坦荡襟怀存正气，殊勋茂绩万人钦。

二〇二三年五月十七日

八十寿即兴（二首）

其一

恰逢重九当初度，乐见亲朋笑语喧。

茗酒杯盘酬短叙，竹花电火咏凉天。

忍将狂态消清夜，难把辛劳慰疲颜。

自信筵残归落寞，安得暮景暂留欢。

其二

熠熠粉桃燃岁庚，餐厅茶沸酒开埕①。

庖丁有象烹牛脯，厨娘自矜烩鱼羹。

高会亲朋联旧曲，长谈故友汇新声。

欢筵短景消磨尽，落寞还归老痴翁。

二〇二三年十月二十七日

①埕（chéng）：酒瓮。

三弟谢世一周年祭

月瓦霜钟声渐稀，周年忌日伴风凄。

半宵悲泪溽寒枕，一载离肠搅鬓丝。

冥府魄惊寒圹恸，云霄魂逝秋鸿啼。

声嘶无限音容迥，一炷心香涕又弥。

二〇二三年十二月十日

和书坤先生桂林行

秘境滇中迤逦通，八桂无处不精神。

两江山影帆擎浪，十里廊阁日漾森。

阳朔老街求逸趣，象山乳洞览珍琛。

欲寻鬼斧神工迹，古树苍烟亦销魂。

二〇二三年十二月十二日

苦旅吟

雾失楼台千嶂暗，风迷津渡雨霾遄。

危崖林荫参商转，狭路尘旋车影穿。

跛足遥途悲日尽，孤舟沧海怯时艰。

桑榆暮景常消虑，苦旅人生应余欢。

二〇二三年十二月十三日

致德林先生

短信上见德林先生为余旧作褒辞。深愧。遂吟七绝一首应之。

弄斧班门求睿通，情融旧雨诉初衷。

十年故纸寻陈句，终是烂柯一蒙童。

二〇二三年十二月十五日

八十寿李智慧赠刘德功《铁荷图》观感

风翻翠盖露滋葩，日投红蕖敷晚霞。

一亩清芬传梵意，数根寒艳醉莲娃。

应迷陶令千杯酒，更撩瞿卿半面纱。

心喜不知花寂寞，铁荷偕趣通禅家。

二〇二三年十二月二十二日

悼邦杰

问讯未来愁绪添，悲情痛悼一英贤。

离魂渺渺云飞浪，隔泪淋淋雨注泉。

累历人生殊境变，又逢晚景痼疾缠。

荣华本自关心浅，笑对浮生一释然。

二〇二三年十二月二十四日

携拙荆于康养中心探亲感言

疾车几转入沙林，康养危楼聚老宾。

神缺体衰蹒跚履，息微气短喋喃音。

盼亲常致通宵醒，望月能招数泪淋。

挨日度时消寂寞，此情谁会共艰辛？

二〇二三年十二月二十九日

元旦杂咏

已是风惊霜夜梦，更逢爆竹焰花翻。

新春不惜酣畅饮，元日又添料峭寒。

应盼天庭仙吏返，或添旷宇好风还。

能接何物耽吟赏，窗外尘车逐浪旋。

二〇二四年一月一日

夜观任恒泉先生《鸿运当头》图

数枝繁果挂庭堂，户牖疏洁闭馥香。

设色布局相偕趣，题钤署讳互彰长。

苞枝果缀排疏朗，茎叶缘干转阴阳。

拔帷邀来初岁月，刹那花动室生光。

二〇二四年一月一日

致杨公

《晚晴集》第一集动笔时，杨新才先生馈赠王力《诗词格律》做范本。撰写过程中，杨先生多次询问撰稿事宜，甚感之。今续集初成，为序言事，再访杨公。遂吟七律一首。

问道小寒霜霰泠，驱车北苑访耄龄。

登门呈稿索诗序，展卷陈词乞点评。

屡嘱构思宜蕴藉，更谆造句灼殚精。

循规格律深铭甚，慷慨风期旧雨情。

二〇二四年一月七日

记著名书画家陈继鸣先生为余诗集
《续晚晴集》题名

椽笔挥来风雷迅，墨花飞转跃蛰龙。

晚晴乞与涂鸦奥，尘网多从校律工。

浅草通衢邯郸步，寸心呕血犀月功。

欣逢巨匠点珠眼，豁目畅怀省愚慵。

二〇二四年七月一日

击壤心声

自　咏

充师胶序事回乡，绛帐深铭泮教忙。

总把光阴消日晷，从来节暇爱书窗。

入乡文苑事伶业，归里荒门考古行。

无状人生徒自老，暮年何故梦萦长。

二〇一四年十一月二十八日

赋晚晴诗酬寄友人晓鹿

朝暾初现露花盈，乍暖返寒稠雾兴。

客欲出郭阔径失，鸟乘高木猛鸢惊。

世尘潜网空窨窨，云际虚怀总冥冥。

想借银河驱烦意，涤开积霭开晚晴。

二〇一七年三月二十日

悟

耄耋心事悟禅机，应悔无为掩袖啼。

福浅虽说前世定，善行还念有绥祺。

矫情忧怨尤难供，雅态从容信可期。

见性明心冥索苦，随缘顺世自心怡。

二〇一七年四月八日

感　怀

拂晓兜行北塔园，落红满地碾尘翻。

东风知是无留意，花事总如世味谙。

坐念廊轩诗数句，游看漠地景千般。

自思来日无多许，老骥嘶鸣奋余年。

二〇一七年五月一日

羁 虑

严冬蛰陋宅，心静帙书开。

荧幕观时事，轩窗望霭霾。

龄高难度日，心懦愧无才。

弃绝杂尘念，莫诘寿寝骸。

二〇一七年十一月二十三日

疏 庸

露冷霜阴朔气飞，江河匿去霭云回。

寒衣早授①温千户，暖气渐输热四围。

淡淡行藏②皤鬓老，平平生计枯躯微。

不能斟酒高杯饮，依旧冥思怅彩晖。

二〇一八年一月六日

①寒衣早授：古代农历九月制备冬衣，称"授衣"。也可代称九月。宋陆游
　《立冬日作》："方过授衣月，又遇始裘天。"
②行藏：出处或行止。引自《论语·述而》："用之则行，舍之则藏。"

从 容

世间无事不从容，竭尽劬劳稻米谋^①。

新贵弃金销夜月，农人挥汗累耘畴。

南郭充竽消时巧，齐士携瑟^②拜槛忧。

勘破世情无大梦，平安度日莫耽愁。

二〇一八年一月七日

①稻粱谋：比喻人谋求衣食。清龚自珍《咏史》："避席畏闻文字狱，著书都
为稻粱谋。"
②齐士抱瑟：韩愈《答陈商书》："齐王好竽，有求仕于齐者，抱瑟而往，立
王之门，三年不得入。"

霄 梦

霄梦岁深频，耄耋忆旧踪。

莫嫌生计蹇，应喜暮庚雍。

风冽翻霜冷，日沉转月匆。

龟龄逢大寿，情笃酌瑶觥。

二〇一八年一月十八日

晚　晴

飞鸿雪爪[①]总殷殷，云卷云舒过眼频。

酒貌常惊游子意，衰颜尽蜕鬓发侵。

孤红集萃花烂漫，众绿常增木茂阴。

盛世归来人已老，精神抖擞度晚晴。

二〇一八年一月二十九日

①飞鸿雪爪：出自苏轼《和子由渑池怀旧》："人生到处知何似，应似飞鸿踏雪泥。"意谓人生漂泊不定。

月明宿窗

朔气飞霜晓露斑，宿窗卧醒月华残。

梦萦寒夜衣衾薄，诗记胜游[①]魂魄牵。

荣乐人生须彻悟，劳经岁月应息肩。

土庐恬淡消尘虑，又续杯盘午炊烟。

二〇一八年二月十三日

①胜游：快意的游览。金元好问《探花词》："美酒清歌结胜游，红衣先为诸莲愁。"

闲　适

园柳舒枝草未青，朔方仍觉霭尘凝。

心无块垒消惆怅，胸余怡情嘲沽名。

一世光阴湮逝水，几多时日供酌茗。

闲来泼目林边坐，高速穿云轨辙轻。

二〇一八年四月三日

感　喟

每欲书中探灼知，多因浅陋道得迟。

只合书卷消时过，莫效吴牛望月嘶。

回首流年桑榆①梦，感喟蔗境寿康禔。

向平不肖庸庸事，只愿余生酒满卮。

二〇一八年四月十二日

①桑榆：传说太阳落在崦嵫，日影照在桑榆树上。以此比日暮，也比喻人的晚年。唐刘禹锡《酬乐天咏老见示》："莫道桑榆晚，为霞尚满天。"

自 遣

楼角霞飞夕日残，层云飘絮影清寒。

疏林挂彩春暝晚，叠嶂飘岚霭露添。

每每医窗消疢疴，时时病榻搅心帆。

此情何计堪排遣，参破禅关心自安。

二〇一八年四月十四日

随 缘

蒲柳①衰枝影溢寒，池塘梦冷②露霜残。

幽林春至滋逸兴，夕日杯酬叹余忱。

清品芷兰身有价，紫妍荆树③玉生烟④。

金帛冠戴翻云去，修短⑤人生应随缘。

二〇一八年五月二十一日

①蒲柳：水杨。一种入秋就凋零的树木，古以喻人之早衰。
②池塘梦冷：化用朱熹《偶成》："少年易学老难成，一寸光阴不可轻。未觉池塘春草梦，阶前梧叶已秋声。"以此表示时光易逝。
③荆树：指紫荆。据南朝梁吴均《续齐谐记》记载，汉代田氏三兄弟分家，想把院中紫荆树分为三段。次日见树已枯死。三弟兄自认为人不如树，遂打消分家念头，而紫荆树居然又复活。故后人以"紫荆"比喻兄弟同气相连。
④玉生烟：引用唐李商隐《锦瑟》"沧海月明珠有泪，蓝田日暖玉生烟"句意。
⑤修短：即"修短随化"。语出晋王羲之《兰亭集序》："况修短随化，终期于尽。"此处指人的寿命长短，随造化而定。

退　思

月冷风凉感余暇，雪泥鸿爪泛泥巴。

一生痴梦同烟尽，万念成灰叹鬓花。

拙性常为滋犟骨，息心尚可赏流霞。

云霓织幻增清趣，迟暮叨恩亦有加。

二〇一八年五月二十六日

乡梓情

鸿爪雪泥忆峥嵘，恫瘝守望梓乡踪。

门墙①犹堵人湮影，庭木惯悬月挽弓。

心大催发惊鬓变，机微少幸遗尘荣。

致心循蹈桑麻志，未辍耕耘岁月徂。

二〇一八年六月十日

①门墙：比喻某种事物的藩篱或屏障。清严如煜《三省边防备览·策略》：
　　"御敌当在门墙之外。"

寓　意

风叩青枝絮叶翔，丁丁沙响梦幽香。

阶墀细草接淫雨，孔月晴光浥蕊芳。

暑气不消无雨露，葵盘依旧向晴阳。

人情语透知寒暖，应省人间道义长。

二〇一八年七月十八日

自　谑

浪名市利烟云过，贪览风光四季同。

曾省儿时浮世梦，权当逝水笑谈中。

二〇一八年七月二十八日

立秋感言

流俗寡合志不穷，独恋夕日爱山葱。

前修堪虑情难尽，转浴秋风绿绮中。

二〇一八年八月七日

拂　晓

漠漠秋云峭崿泠，攀花踏草宿禽惊。

千片秀木风烟满，万类霜天雾霭凝。

幽静自喟喧嚣远，闲疏从教块垒平。

窗前高木浓荫重，自省剪枝观晓汀。

二〇一八年八月十五日

病中吟

故乡频往事彷徨，衰体时常伴病扛。

人入暮年尤气短，身趋老后更皤苍。

忆中旧疢无良药，眼下沉疴少验方。

岁月惯从平淡过，隔窗窥雁正秋芳。

二○一八年八月十八日

岁　末

未省城区岁短长，行商贾户履晨霜。

楼头冷絮飘云帐，窗牖琼枝浴曙光。

年暮空谈无夙志，壮心力疲枉行藏。

残冬欲尽晴阳晚，春未还时又举觞。

二○一八年八月二十五日

静夜思

静中总感露霜凉，初度七六鬓染霜。

涉世空谈无见地，阅人未必识皮相①。

始嫌顾影清溪浅，惯睹临流冗体长。

为语莫学犀月喘，身临蔗境忆黎康。

二〇一八年八月三十一日

①皮相：从表面上看，只看外表。

书 怀

鸿泥雪爪①复西东，细路盘盘②不计踪。

僻巷尘氛稍觉远，阔屋蛰影略嫌茕。

鸭窥澄水茕骸枯，蛙曳野腔聒耳慵。

呕句晴窗以供老，殚心学步教诗工。

二〇一八年九月三十日

①鸿泥雪爪：句出宋苏轼《和子由渑池怀旧》"人生到处知何似，应似飞鸿踏
雪泥"句。
②细路盘盘：援引自明文徵明《青山行旅图》："细路盘盘转石根，苍藤古木
带斜曛。短筇不觉行来远，回首青山半是云。"

夜　思

机缘老里休，世路险中幽。

微尚慈航渡，童心圣哲酬。

求精穷睿理，省契悟庸忧。

修月砺其斧，高怀亦可谋。

二〇一八年九月三十日

惊　寒

一夜霜风送朔阴，秋光抛掷冷窗霪。

薄衾已有惊鼾意，风枕更添续梦因。

老逼身来心志损，病侵肌后魄魂恂。

卅年羸影窨中过，一室优游岁月辛。

二〇一九年十月三日

晨　曦

风染虬枝牖影寒，轻岚飘絮晓云残。

凌风剑气雄鸡舞，挟露荧光犀月喘。

钓誉场中幡鬓减，通津渡口老机①缘。

雁声惊变晴云冷，大欲无邪悟至诠。

二〇一八年十一月七日

①忘机：忘掉世俗心机，与人无争。唐温庭筠《利州南渡》："谁解乘舟寻范蠡，五湖烟水独忘机。"

书　愤

观书娱老庚，寻影梦魂惊。

世路榛芜①尽，拜金茅塞凝。

桑麻耒耜废，精舍②手机兴。

谁言读书好，优伶③誉网屏。

二〇一八年十一月九日

①世路榛芜：喻社会道德衰弱。宋苏过《东亭》："三山咫尺承明远，世路榛芜谁与披。"
②精舍：旧时指书斋、学舍。亦指僧、道居住或讲道谈法之所。此指学校。
③优伶：古代以乐舞戏谑为业的艺人的统称。此指舞台表演者。

凝　思

漠天千里起寒飙，旷宇沙飞风露啸。

楼角夕阳霞彩少，荧屏世界丽伶娇。

闲时应忆高阳侣^①，度日勿恋五陵豪^②。

造物无休修睿性，程门^③应有达天桥。

二〇一八年十一月二十七日

①高阳侣：汉初高阳儒生郦其食。虽任性放荡嗜酒，但终被汉高祖刘邦所重用。
②五陵豪：即"五陵少年"。后世的纨绔子弟。清高咏《寿李田六十》："骤
　马常侠高阳侣，春衣不羡五陵豪。"
③程门：即"程门立雪"典。

赠　友

殷殷遥忆可乡游，荏苒风光七十秋。

邻毗塌山童子梦，伴结精舍弱冠龄。

戍边未忘刘琨舞，入世常思谢傅忧。

旷达素怀恫瘝抱，何当再诉剪烛惆。

二〇一八年十二月五日

写在戊戌春节前

人到迟暮事悠闲，身外荣华已漠然。

环珮①风鸣无春梦，秋床②月冷总长眠。

惯从尘网求心静，常乞药食觅体安。

世路榛芜旻汉迥，又闻鼓乐庆上元。

二〇一九年一月二十二日

①环珮：指女子所戴耳环。杜甫《咏怀古迹五首》其三："画图有识春风面，
环珮空归夜月魂。"
②秋床：秋天的卧床。宋王安石《葛溪驿》："缺月昏昏漏未央，一灯明灭照
秋床"。

疏　放

风露清寒拂面凉，今晨时序又逢霜。

残菊未枯梅妆蕾，弦月挂枝影鉴塘。

难忘尚存书卷气，易消翻省社交场。

唯存童趣何曾老，化作疏放葆寿康。

二〇一九年一月二十五日

执　念

天下熙熙为利缠，终南捷径①几人攀。

素餐尸位浮香梦，环珮华车入巷穿。

贪欲误人名气老，舒庸耗日秀毛斑。

机心苦作财神累，导化随缘悟至诠。

二〇一九年一月二十三日

①终南捷径：比喻谋求官职或名利的捷径。

释　怀

沂浴①冥思养性参，风牛鸟马静中观。

流年虚日催皤老，浊酒销时荐兴忺。

任教庸碌黄舌议，难羁夙愿扰心烦。

乡关驰梦魂游地，寒树霜晨亦怅然。

二〇一九年一月二十九日

①沂浴：喻一种怡然处世的姿态。《论语·先进》："浴乎沂，风乎舞雩，咏而归。"宋苏过《浴罢》："今已与世疏，雅志追沂浴。"

乙亥初记梦

昨夜中宵谁又临，似曾童伴几髫人。

抡枪舞棒玩明月，出牧驱犊沐彩暾。

世事抛开得断失，人情勾扯感弥珍。

浮生修短惊残喘，惠泽恩波雨露莘。

二〇一九年二月十日

达 通

知书缘性慧，弦诵达博通。

观鱼能掌眼，练拳益气功。

事急勿弗理，情迫仍从容。

人事如醇酒，素心①感世雍②。

二〇一九年二月十二日

①素心：本心，纯洁的心地。唐卢纶《秋夜寄冯著作》："素心难比石，苍鬓
　欲如君。"
②世雍：即时雍，时局和平安静。

有 忆

春初霾障盼天晴，夕日危楼印颓形。

半世光阴情觉累，几多流语心更惊。

诏谗固不招他恶，使坏原能善尔行。

更有一般宵小在，邀功随处浪博名。

二〇一九年二月十八日

心 旌

人到迟暮少心旌，万事还须制怒[1]颦。

乞与药师求健魄，甘从网讯觅狂吟。

秋前应虑霜来冷，炎过还防雨后淫。

断绝尘寰人上约，更无奢望损纯心。

二〇一九年三月二十五日

[1]制怒：林则徐曾书"制怒"二字。

乐 天

一从识趣向乐天，便有情思续梦残。

驽马跛足无欲念，钢刀锋钝尚遗寒。

千寻高宇寻宽景，九曲长河览壮观。

夕日欲从楼角逝，晴窗再伴醉翁眠。

二〇一九年三月二十五日

记 梦

凤城远涉叹蜗栖，新月晴窗续梦迟。

曙色浮岚飞幻景，晓霞流彩映阶池。

常从宁静寻怡性，每赖踯躅练健肢。

在抱适情仍惬意，晴窗陋室兴犹痴。

二〇一九年三月二十五日

怅　忆

行藏多是记犹新，喘月吴牛总抱勤。

秋雁排空唯奋翅，草虫附叶曳喓音。

苑花色老香黯淡，深巷院芜雨茂淋。

回首平生无憾事，唯剩吟稿续《晚晴》。

二〇一九年三月二十五日

省　悟

扪参历井①世程艰，细路盘盘岁月添。

老树涧边身影涉，断流岩隙魄魂牵。

稻粱谋里人趋老，商海岸边客叹难。

何事弃之方舒倦，清纯省悟慰斯年。

二〇一九年四月一日

①扪参历井：参、井，二星宿名。参宿是益州的分野，井宿是秦地的分野。喻
　世界之大、历事之艰难。

病榻感言

僵卧病床意木然，情思缕缕忆流年。

平生阅世认知浅，升斗光阴墨稼艰。

蔗境甘来还足味，坎坷苦尽尚余欢。

药盘促迫皤鬓老，抛掷荣乐记两餐。

二〇一九年四月十七日

秋　词

风露输寒菊蕊薰，凸杯稍减觉神清。

出郭望岳吟骚咏，临水听涛品箫鸣。

万物皆同时令改，壮游应慰老来行。

常思但葆童心在，潜运茑华处处兴。

二〇一九年九月二十六日

自　扰

流光驹隙梦将穷，欲涉壮游体魄惊。

双腿觉沉嫌步短，孱身影瘦怕霜侵。

柴门故院常寂寂，陋斋风楼总殷殷。

日月无情催嬗变，飞思何故扰耄情。

二〇一九年十月二十二日

暮　况

杯中日月梦中身，欲找欢娱总缺神。

缓缓凸酌如情醉，昏昏纳睡觉头沉。

梦行瀛海多惊恐，魂入瑶池更督惛。

迟暮年华挨日过，疢成永痼酒销魂。

二〇一九年十月二十七日

暮 庚

新愁缕缕付酡颜，入暮年华自觉难。

房颤气虚心脉堵，影斜神倦步维艰。

晚花凝紫经霜冷，微焰被风烛泪残。

何幸华佗施造术，暮庚延寿几多年？

二〇一九年十月二十五日

疗 愚

耄龄年月退思慵，生计坎坷记逝踪。

检点平生阙事少，洞察诸迹更碌庸。

冥顽任教时人议，练达还须寒暑功。

尚使晚霞多挽驻，博思疗愚自必躬。

二〇一九年十一月十四日

练 达

未省程门知事浅，难成微尚百谋空。

每闻泮霸生惆怅，惯见俊才羡鳌龙。

练达使人识物理，施仁令尔效尧雍。

才多论艺逢左右，勿让经纶玷虚荣。

二〇一九年十二月一日

春 光

倦暖娇寒夜月凉，轩窗卧枕梦彷徨。

山河无恙鬓发老，人事多情体魄康。

过隙光阴身且健，流金岁月寿而臧。

节候莫误桑榆意，紫气东来又春光。

二〇二〇年三月二日

耄耋岁月

耄耋时日世情难，省悟平生一慨然。

驹隙缝中身影瘦，光阴晷里鬓毛斑。

厅堂寂寂门扉静，闾院空空露草毵。

老逼身来发喟叹，幽窗幌月益清寒。

二〇二〇年三月二十二日

度　日

少年曾誓志鸿猷，日月平平气运暗。

惊浪滩头难供世，荣舒馆寓愧劳薪。

曾经直面无缘过，也患潜规蒇蹈循。

泡沫壮怀清梦尽，药炉度日煎氤氲。

二〇二〇年四月三日

参 修

老来无事养闲身，冷眼清浊应有因。

水弱无力舟艇滞，风高势茂霭尘昏。

仍思叙旧渭阳谊，笃定联交商皓[①]忧。

自省参修无蹈性，诸行莫教玷敦仁。

二〇二〇年四月五日

①商皓：商山四皓。

病中吟

出门斜避踯躅影，度日忧时惜暮阳。

鸟语曾惊春枕梦，园花总惹鬓发霜。

前途未肯疗疾疢，寒气仍输养病床。

一曲朗然秦陇调，赚得情醉酒花香。

二〇二〇年五月七日

秋　兴

小园静谧日光晚，轩牖风飘絮影残。

蔬果熟犹宜运贮，秋禾刈已更休田。

有怀顾我缘清梦，无计见人隐颓颜。

檐雨怯寒凉露早，九华①映月晚香添。

二○二○年九月二十三日

①九华：菊花的别称。

落　寞

水明花谢满窗风，秋日无常乱阴晴。

鳖足歪诗遗世笑，直腔心绪任皤侵。

沽名捉笔勤为累，作计轻率懒询因。

不堪重翻诌句稿，鸡肋味淡减心情。

二○二○年九月二十九日

遣 怀

老来心事叹归期，懒向青山卜占乩。

沧海百回多蕴气，青峰千转久遗机。

支天柱地①斯人愿，入世勤民吾辈怡。

舂破禅关消尽累，愿得蔗境黎庶祈。

二〇二一年一月十八日

①支天柱地：翻用民国诗人黄侃《雨中遣闷》"不须苦闷吟梁文，柱地支天大
　有人"意。

惆 怅

霜枝摇乱亦蒙尘，弦月垂弓望昊旻。

修短人生惊造化，稻粱事业叹茹辛。

犹存童趣空盈泪，送尽年华早息心。

仰叹星空还惆怅，东施无助也效颦。

二〇二一年一月二十五日

中夜思

老树翻枝叶愈青，半宵细雨转新晴。

院中凡卉将凋谢，屋角棋枰争胜赢。

过隙光阴人意贵，吐辉蟾月天心盈。

飘蓬离散亲友去，思绪绵绵望皓星。

二〇二一年七月二日

遐　思

岁月平平叹逝波，棋枰款款隐青柯。

平生何恨愁冷眼，尘世如饴人事赊。

齐士拜琴犹有愧，弹铗求鱼罢穷奢。

淡然光景茗杯逝，块垒抛开听虞歌。

二〇二一年七月十八日

暮境吟

人到年暮事平平，自觉情疏道眼浑。

须拼艰难勤砺志，莫生奢念苦争春。

二〇二一年七月二十八日

慵　悲

物欲疏风雅，韶华伴日飞。

观书彰儒教，吐握①褒颜回。

望月吴牛喘，奋蹄蹇马催。

机缘声已矣，倦怠付慵悲。

二〇二一年十一月十六日

①吐握：谈吐。喻高深的见解。

吟　兴

闲云归远岫，雅兴动吟讴。

霜染寒风树，衢通皓月楼。

忘机随冷暖，嗟道为食谋。

化境拈花笑，机心破执休。

二〇二一年十一月十八日

晚　境

诸事消沉怕耽酒，人前不觉唤奈何。

惛惛棣萼①驾鹤去，寂寂旧朋世态赊。

心醉林泉恋倦枕，身躬田亩愧薄禾。

继晷移表添愁绪，廋影疏发任蹉跎。

二〇二一年十二月二十一日

①棣萼：比喻兄弟。杜甫《至后》："梅花一开不自觉，棣萼一别永相望。"

弃　痴

桑榆暮景少知音，平淡生涯应勉承。
身似流霞逐夕日，影如飞鸢荡云程。
轻霜老木成衰色，清酒淡茶效遗风。
最是心扉终悟处，弃痴张目羡遥峰。

二〇二二年二月七日

憾　情

谢却公勤忆旧程，戛然休停似消声。
霜杨傍水疑人动，秋叶归风似蝶生。
辛苦不曾疾病减，神疲浑忘白发增。
喧尘避去成一笑，自掩柴扉看雁横。

二〇二三年十一月三日

静夜思

霜瓦雪钟静夜思，月光熠熠照寰时。

沧桑屡历百年变，雨露频逢劫后滋。

驻景神方修福祉，关心民瘼护灵蓍。

稻粱事业有清供，莫让尘氛助欲痴。

二〇二三年十二月三日

悟　禅

历尽尘氛心未宁，碌碌光阴难状名。

一生辛苦稻粱累，半世清闲骨像轻。

多次梦中擎贝叶，几重意念认心经。

莲蒲静坐澄千虑，浮世应钟慈航情。

二〇二三年十二月四日

冬日偶成

几株风树弄婆娑，灯影摇枝鸟入窝。

泮馆披书人竟老，商岸学步贾穿梭。

谋生犹记千般累，光阴仅存几缕皤。

忍掷闲愁悲复笑，惯看岁月任蹉跎。

二〇二三年十二月七日

雪霁

凛凛西风阵阵寒，倚窗晴望寒酥①天。

冻云断朔扬雪霰，旭日弥霞挹霭烟。

面带霜棱难曰稚，心同冰窟不言欢。

背时风调逢雪霁，怯暮心情亦怅然。

二〇二三年十二月十五日

①寒酥：喻雪花。明徐渭《谑雪》："一行分向朱门屋，误落寒酥点羊肉。"

后记

　　如果说我的第一部诗集《晚晴集》是我晚年生活的缩影，那么这本集子就是它的延续，也是以同样的形式记录了我近年生活的轨迹。人到暮年，一切活动趋于减少，唯有搜索枯肠、寻章雕句，聊以安慰，也算是留下人生履痕。

　　本书仍是用新声韵写的，力求用今人北方语入韵，一则，随时而适，新声韵符合语言发展的规律；二则，新声韵韵脚较宽，通假韵也多，写来比较方便，读之也易上口。

　　本书在编写过程中，得到同窗好友杨新才、张蔚生、张家铎先生的指正与帮助，本村大学生李涛涛和小女王怡、外孙女陈柏羽参与整理打印，著名书画家汪敦银题写书名。在此，谨表诚挚谢意。

作　者
二〇二四年一月十五日于银川